Claude Ponti
Die große Stille unter dem Schnee

Claude Ponti

Die große Stille unter dem Schnee

Roman

Aus dem Französischen
von Michael Hofmann

Piper
München Zürich

Die Originalausgabe erschien 1995
unter dem Titel »Les Pieds-Bleus«
bei Éditions de l'Olivier in Paris.

ISBN 3-492-03874-3
3. Auflage 1997

Gesetzt aus der Bauer Bodoni
Gesamtherstellung: Clausen & Bosse, Leck
Printed in Germany

Mein Vater drückt mir die Stiefel meiner Mutter mitten ins Gesicht. Langsam dreht er die Absätze, so daß sie mir die Lippen aufreißen. Mit seiner kalten Ohrfeigenstimme sagt er: »Du ziehst diese Stiefel an.«

Ich bin gegen die Küchentür gequetscht und klebe an den Eisblumen der Glasscheibe fest. Davon wird mein Rücken eiskalt. Vorne läuft mir vor Angst der Schweiß, und hinten friere ich.

»Du ziehst sie an, und wenn ich dich vorher zu Brei schlagen muß. Je länger du mich warten läßt, desto schlimmer wird es.«

Vor einer halben Stunde hat er mich mit meinen Schuhen ertappt, die von gestern abend noch durchnäßt sind. Er hat sie mir aus der Hand gerissen und hinter sich geschmissen, ans andere Ende der Küche.

Als ich sagte, ich habe keine anderen zum Anziehen, hat er die verdammten dreckigen Stiefel meiner Mutter hervorgeholt und geknurrt: »Zieh die an.«

Ich bin in mich zusammengefallen wie ein Klappschirm, immer kleiner. Tief in meinem Innern hat nämlich etwas nein gesagt. Und gleichzeitig war mir klar, daß ich von vornherein verloren hatte.

Er weicht zurück. Die Stiefel auch.

Die Stiefel sind mindestens fünfzig Jahre alt. Frauenstiefel aus schwarzem Gummi, spitz, mit hohen Absätzen. Solche Dinger kann ich unmöglich tragen.

»Mit denen geh ich nicht in die Schule. Das sind Frauenstiefel. Da lachen mich alle aus.«

»Sei still, ich hab dich schon damit gesehen.«

»Das war zum Spielen, wir haben uns verkleidet, das ist was anderes.«

»Wenn du sie zum Spielen anziehst, kannst du sie auch zur Schule anziehen.«

Ich klebe an der Glasscheibe. Meine Beine tragen mich nicht mehr, nur meine Hose hält mich noch aufrecht.

Er sagt nichts, schaut auf die Stiefel.

Mir schießen die Tränen in die Augen. Ich tropfe wie ein Scheuerlappen. Ich habe schlappgemacht: der Teil von mir, der von vornherein verloren hat; es überflutet mich innerlich.

»Mit den Frauenstiefeln geh ich nicht in die Schule.«

»Das hättest du dir früher überlegen müssen. Hättest deine Schuhe gestern abend anständig trocknen müssen.«

»Ich hab sie zum Trocknen hingestellt.«

»Verkauf mich nicht für dumm, schau sie dir an.«

»Wir dürfen sie ja nie unter den Heizkörper stellen. So können sie in einer Nacht nicht trocken werden.«

»Komm mir nicht mit irgendwelchen Ausreden.«

»Ich komm mit keinen Ausreden, ich komme bloß mit dem Schnee, und der ist naß.«

»Dann hättest du eben nicht durch den Schnee laufen dürfen.«

»Soll ich vielleicht auf den Händen laufen? Draußen liegt mindestens ein Meter Schnee.«

Er setzt sein Lächeln auf, er will mich fertigmachen. Und wenn ich getan habe, was er will, dann bin ich innerlich leer. Meine ganze Haut ist innen wie von Ameisen zerkratzt. Dann bin ich wie ein Spuckeklecks, wie meine eigene Spucke. So gefalle ich mir gar nicht.

Mit ausgestreckten Armen hält er die Stiefel hoch. Er ist bereit zuzuschlagen.

Die Stiefel donnern beide gleichzeitig auf mein Gesicht zu. Aber ich ducke mich schnell weg. Beim erstenmal trifft er daneben, dann nicht mehr.

Die Stiefel fallen vor mir auf den Boden.

»Zieh sie an.«

Mit einemmal bin ich völlig ausgepumpt. Total gebrochen. Von mir ist nur noch der trockene Kloß übrig, der mir in der Kehle brennt. Und ich sehe mich selbst, wie ich verheult dasitze und die doofen Stiefel anziehe. Und ich sehe ihn: Er glaubt, schon gewonnen zu haben.

»Und jetzt ab in die Schule«, brummt er.

Wenn ich zu den Petitcolins komme, werde ich die Stiefel ausziehen und unter dem Holzhaufen verstecken. Und dann gehe ich barfuß in die Schule.

Gestern nacht hat es wieder geschneit. Mindestens eineinhalb Meter. Ich ziehe mit meinem Finger eine Furche in die Schneemauer entlang der Straße. Der Schneepflug kam heute morgen wieder vorbei. Er hat meine Furche von gestern ausgewischt.

Der Hund von den Petitcolins springt mir zwischen den Beinen herum. Er kläfft abgehackt. Er hat glänzende Augen und Eiszapfen im Bart. Ich sage: »Hallo, Merdel de Borde.«

Merdel de Borde, Mistköter: das ist ein Name für einen

Hund, der im Freien schläft. Wie ich. Ich heiße Hercule Levant. Ein Name, um tausend Jahre im Freien zu schlafen, mit offenen Augen. Hercule haben sie mich genannt, damit ich später einmal stark werde. Später, das heißt nie, denn ich bin klein und dünn wie ein Nagel.

Als ich mich bücke, um Merdel zu streicheln, sehe ich aus dem Augenwinkel heraus am Ende der Straße das Auto meines Vaters auftauchen. Er fährt Schrittgeschwindigkeit. Er folgt mir. Er will mir bis zur Schule nachspionieren.

Merdel, ohne dich wäre ich schön erwischt worden.

Ich laufe mitten auf der Straße im frischen Schnee. Genau zwischen den beiden schwarzen Matschstreifen. Ich gehe durch das Portal. Ich habe mich kein einziges Mal umgedreht.

Sobald das Auto beschleunigt, gehe ich wieder nach draußen. Ich ziehe die Stiefel und meine Strümpfe aus und laufe dreimal barfuß im Schnee um die Schule herum. Echte Spuren wie die von Robinson Crusoe. Nur daß der Sand Schnee ist und der Unbekannte ich bin. Nach dem drittenmal habe ich blaue Füße.

Ich bin ein Blaufuß-Apache.

Im Korridor schlüpfe ich in meine Strümpfe und Schuhe.

Jetzt muß ich ins Klassenzimmer gehen und mich mit Lalumière anlegen.

Das ist garantiert die Hölle. Schon seit zwei Jahren müssen wir ihn ertragen. Das hat ihn nicht gehindert, am Anfang des Schuljahres wieder so zu tun, als ob wir ihn noch nie gesehen hätten. In Wirklichkeit heißt er Lanternot, Herr Lampe, aber er will, daß wir Lalumière zu ihm sagen, als ob er das Licht der Aufklärung wäre. Wir hokken in völliger Unwissenheit herum, und er ist da, um uns aufzuklären. Wir müssen Monsieur Lalumière sagen und die Augen niederschlagen, damit der Leuchtstrahl seines Wissens uns nicht blendet.

Einmal hat Laclope ihn gefragt, ob wir vielleicht mit Sonnenbrillen kommen sollen. Damit hat er sich dreihundert Zeilen Strafarbeit zum Abschreiben eingehandelt, mit Unterschrift von den Eltern. Es war eine Wette, wir haben uns die Zeilen geteilt. Lalumière hat unsere Handschriften erkannt und jedem von uns noch mal dreihundert Zeilen aufgebrummt.

Meine Mutter hat die ganze Geschichte bestimmt schon erzählt, als sie meinen Bruder zur Schule brachte. Wie üblich.

Ich nehme mir vor, erst wieder zu atmen, wenn ich den Beweis dafür habe. Ich bin ein Blaufußindianer. Betrete das Klassenzimmer mit angehaltenem Atem. Ich pumpe meine Lungen auf, halte die Luft an und öffne die Tür.

Ich sehe nur gebeugte Rücken und Lalumière, der mit hoch erhobenem Arm auf dem Podium steht. Er ist immer noch dabei, die Menschheit aufzuklären. Ich gehe durch den Gang bis zu meinem Pult. Lalumière rührt sich nicht, er hält den Arm immer noch in die Luft gereckt. Seine Augen starren auf meine Füße.

Ich hatte recht, meine Mutter hat gepetzt. Die ganze Klasse folgt Lalumières Blick. Da lasse ich die Luft heraus.

»Na, Hercule, spielst du immer noch gern den Kasper? Kommen wir jetzt mit hohen Absätzen in die Schule... Und dazu noch zu spät, damit wir auch ja auffallen?«

Ich habe eine Wut im Bauch. Für die Stiefel habe ich schon gebüßt. Meine Füße fangen an zu brennen, die Hitze steigt durch meinen ganzen Körper nach oben. Den Tag überlebe ich nicht.

Ich schaue dem Tod in die Augen: »Ich haben Pantoffeln, nicht Stiefel von Squaw.«

»Willst du mich auf den Arm nehmen?«

»Blaufuß dich nicht wollen tragen.«

Um mich herum herrscht eine Art unterdrücktes Gemurmel, ich schwitze, mir wird schwummrig. Lalumière kommt auf mich zu und hält fünf Finger hoch.

»Erstens: keine Pause.

Zweitens: zur Strafe Holz hacken.

Drittens: die Kaninchenställe reinigen.

Und das alles einen Monat lang.«

Nur Laclope schaut uns noch an, die anderen haben nichts mehr auf den Schultern, sie haben die Köpfe eingezogen. Das ist mir gerade recht, ich möchte nicht, daß sie mich schlottern sehen. Lalumière kommt noch ein Stück näher.

»Viertens: Pflaster bis Mittag.«

Er holt seine Rolle aus der Tasche und klebt mir Pflaster über den Mund. Richtig breit, über Kreuz.

»Fünftens: fünfhundert Zeilen mit Unterschrift der Eltern.«

Er schubst mich, drückt mich auf meinen Stuhl und patscht meine Hände flach auf den Tisch. Laclopes Füller rollt zwischen meine Finger. Ich höre nichts mehr, ich beiße die Zähne zusammen. Ich sehe nur noch einen runden Fleck vor mir: die Bluse von Bérénice. Kleine blaue und rosa Blümchen. Sie schaukeln hin und her, verschwimmen und vermischen sich. In meinem Kopf prasselt es, als ob jemand Kieselsteine aneinanderschlagen würde. Von dem Krach platzt mir noch das Trommelfell. Der Krach kommt davon, daß meine Zähne klappern. Ich habe keine Kraft mehr, sie zu bändigen; in jedem Blümchen geht ein Auge auf. Es schneit Augen, die mich anschauen. Ein dicker Finger deutet auf die Mitte. Rosa, mit einem kleinen boshaften Mund unter dem Nagel. Er zeigt auf mich, er schreit: »Mädchenschuhgröße zweiundvierzig, fünfhundert Zeilen mit Unterschrift der Eltern!«

»Mädchenschuhgröße hundertzwei!«

Als er meine Nase berührt, ist der Finger kein Finger mehr, sondern das Maul eines riesigen Kaninchens mit einer Laterne zwischen den Ohren. Es mümmelt ganz schnell, und ich höre seine Gedanken in meinem Kopf. Es ist dabei, mich aufzufressen. Angefangen hat es mit meinen Füßen. Es kommt zu meiner Nase und legt mir seine Pfoten auf die Stirn, es hält mich wie eine Karotte. Ich habe schreckliche Angst vor dem Moment, wenn es mir die Augen ausdrückt.

Um mich herum ist alles vereist. Ich stecke im Eis fest. Der Himmel besteht aus weißen Vierecken mit schwarzen Rändern. Es schneit. Am Horizont geht eine kleine rote Sonne auf. Sie hat schwarze Stiefel mit hohen Absätzen an und ruft mit den Händen als Trichter vor dem Mund: »Vierzig... Neununddreißigkommaacht... Neununddreißigkommafünf, es läßt nach...«

Mit einem Schlag wache ich auf. Ich sitze nackt in der Badewanne. Meine Mutter stützt mich mit einer Hand, mit der anderen streichelt sie mir übers Haar.

»Na endlich, mein Junge«, flüstert sie, »das Fieber ist gesunken. Jetzt geht's dir bald besser. Du warst im Delirium, du hast geglüht.«

Sie sagt, daß es mich im Unterricht gepackt hat. Daß ich wie ein Scheit Holz auf meinen Tisch geplumpst bin, daß ich fast einundvierzig hatte, daß sie mich in der Schule abgeholt hat und daß das Fieber immer weiter stieg. Beim Reden trocknet sie mich ab, trägt mich in mein Bett und packt mich fest ein.

»Die Medikamente haben nicht schnell genug gewirkt, ich habe dich in die kalte Badewanne gesteckt, um das Fieber runterzukriegen. Jetzt ist es vorbei. Schlaf, ruh dich aus.«

»Ich hab mich in deinen Stiefeln verkühlt«, antworte ich ihr.

»**Wenn du** vor jemand Angst hast, dann stell ihn dir nackt vor.«

Der Satz von Laclope dreht sich in meinem Kopf. Ich schaue meinen Vater an, schon seit zehn Tagen schmollt er mit mir. Er sitzt seitlich auf seinem Stuhl, damit er mich beim Essen nicht sehen muß. Aber ich kann ihn anschauen.

Meine Mutter ist durchsichtig. Sie sagt: »Heute liegt weniger Schnee... Mal sehen, ob ich genug Nudeln gemacht hab... Daß nur keine übrigbleiben...«

Sie meint uns alle. Keiner antwortet ihr.

Ich habe meine Nudeln gezählt, ich habe noch siebenundvierzig. Ich schaue meinen Vater an. Er ist nackt. Ich sehe seine Popeye-Arme, die bis zum Ellenbogen braungebrannt und behaart sind, danach weiß. Sein Wellblechoberkörper ist noch weißer. Darunter kommen seine Albinofroschschenkel. Und seine stinkenden Füße. Ich höre die Stimme von Laclope: Siehst du, schon ist er nicht mehr so toll.

Mein Bruder schaut mich an, erstarrt, mit der Gabel in der Luft. Wie ich hat er seine Nudeln auf dem Teller aufgereiht.

Meine Mutter fragt: »Schmeckt's euch nicht?«

»Doch, aber...«

Mein Vater hat die beiden Teller gesehen, er dreht sich

zu meiner Mutter um. Schnell stopfe ich mir eine Menge Nudeln in den Mund, aber es ist zu spät. Ich breche in Lachen aus. Es spritzt in alle Richtungen.

»Sag dem Schwachkopf, daß er auf dem Klo aufessen soll.«

»**Du erzählst** mir doch keine Märchen, oder?«

»Nein ich erzähle dir keine Märchen.«

»Ganz und gar nackig?«

Laclope ist baff, er hat es noch nie geschafft, sich jemanden ganz nackt vorzustellen.

»Es ist einfach so passiert«, sage ich.

Wir sitzen beide auf meinem Schlitten oben am Hügel. Laclope mustert die Piste von oben bis unten.

Er antwortet nicht, ich habe ihn verblüfft, und er hat nichts darauf zu sagen. Ich mustere die Piste ebenfalls. Eine Stunde, um sie platt zu machen. Eine klasse Piste, zweihundert Meter zwischen den Tannen, steil bis fast zum Fluß runter. Der Witz dabei ist: Wir dürfen nicht nachsehen, ob der Fluß unter dem Schnee richtig zugefroren ist.

Die anderen haben sich verdrückt, nur Laclope und ich wollen noch runterfahren. Wir sind schweißgebadet. Wenn wir die Arme heben, liegt der Bauch frei, und die Eiszapfen unten an unseren Pullis kitzeln uns. Unsere Hosen waren bis zu den Oberschenkeln durchnäßt, jetzt gefrieren sie, daß es beim Gehen knirscht. Wir sind Eismänner, echte Blaufußindianer.

Laclope ist seit der Geschichte mit den Stiefeln ein Blaufuß. Als ich krank im Bett lag, ist er in den Stiefeln seiner Schwester in die Schule gegangen. Jeden Tag ein anderes Paar. Als Lalumière es gemerkt hat, hat er ihm die Höchststrafe aufgebrummt, fünf Finger, wie bei mir. Er und ich, wir sind die einzigen. Die schriftliche Strafarbeit kommt immer beim letzten Finger. Dreihundert Zeilen bei drei Fingern, zweihundert bei zwei Fingern. Seitdem sind wir Stiefelbrüder.

Sein Vater hat ihm eine erstklassige Tracht Prügel versetzt, mit den Fäusten, wegen der Kaninchen. Daheim will er sich nie um sie kümmern, aber dann bleibt er länger in der Schule, um die von fremden Leuten zu versorgen. Der kleine Scheißkerl, höre ich ihn bis hierher sagen. Seinen Vater nennen wir Mégot, Zigarettenkippe, weil er in Wirklichkeit Nicaut wie Nikotin heißt und weil an ihm nicht viel dran ist. Das sagen die anderen, wenn er weit weg ist. Ich nenne ihn Vater von Laclope, aber nie, wenn er da ist. Er ist Faktotum im Rathaus. Als ich klein war, habe ich gedacht, das wäre so was wie ein Zauberer. Aber eigentlich heißt es, daß man für alles zuständig ist, was die anderen nicht machen wollen. Ich sage: »Ich hab keinen Spitznamen.«

»Bei deinem blöden Namen brauchst du keinen...«

»Ja, aber trotzdem...«

»Sollen wir dich Lepet, Hosenfurzer, nennen?«

»Du sagst es, Kippe.«

Wir platzen beide vor Lachen. Wir sind Stiefelbrüder, nur wir allein dürfen so miteinander reden. Jedem anderen würden wir den Kopf waschen, bevor er zu Ende gesprochen hätte.

Laclope steht auf. Er regt sich über die Kleinen auf, die unten die Piste versperren.

»Fort mit euch Ameisen«, brüllt er.

Mit einem Fußtritt macht er seinen Schlitten los, der im Schnee festgefroren war. Er holt Schwung und rast davon. Er zischt ab wie ein Pfeil. Auf halber Höhe, an dem großen Buckel, hebt er ab. Der Schlitten fliegt auf die eine Seite, er auf die andere. Er landet mitten in einer Tanne, die zurückschnellt und ihn wieder in die Luft schleudert. Ein Stück weiter donnert er in den frischen Schnee, die Arme weit von sich gestreckt. Es gibt ein tiefes Loch.

Im Fliegen hat er »Scheiße, Scheiße, Scheiße« geschrien, ganz schnell, als ob er es eilig hätte. Und dann kam nichts mehr. Das ist das Komische daran, die große Stille über dem Riesenloch im Schnee. Ohne Spuren drum herum. Keine Stille nur so zum Spaß, die eigentlich zu still ist; nein, eine echte Stille, aus nichts gemacht. Die nicht dasein sollte.

Ich renne so schnell wie möglich hinunter. Zwischen der Tanne und dem Loch ist der Schnee voller roter Tropfen, als ob die Tanne Blut geniest hätte. Nur daß es das Blut von Laclope ist. Er muß ganz zerkrümelt unten in seinem Loch liegen. Ich sinke bis zu den Schultern ein, ich komme näher, das ist nicht mein erster Toter, aber trotzdem habe ich Angst.

Darum schaue ich zweimal hin. Beim erstenmal sehe ich was Rotes mit Zähnen dazwischen, beim zweitenmal Laclope, wie er unter seiner zerplatzten Nase vorgrinst. Er liegt auf dem Rücken, unten in seinem kreuzförmigen Loch. Er richtet den Blick gen Himmel und lacht.

»Fliegen ist spitze ... Du kannst dir nicht vorstellen ...«

»Alles okay? Hast du dir nicht weh getan?«

»Wie ich die Tanne umarmt hab, das hat mir nicht besonders gefallen, aber alles übrige, das war unbeschreiblich... Ich bin mindestens zehn Sekunden lang geflogen... Du kannst dir nicht vorstellen...«

»Deine Nase ist kaputt, Mensch, da kriegt man keine Lust, sich etwas vorzustellen.«

Er grinst breit; das Lächeln müßte sich eigentlich um seinen ganzen Kopf herum ausbreiten, so glücklich ist er.

»Morgen leg ich noch mal los, dann mach ich's besser. Ich lass mir heute abend was einfallen.«

»Mit oder ohne Tanne?«

»Mit, aber ohne Schlitten, du wirst schon sehen, ich hab eine Menge Ideen...«

Er setzt sich unten in seinem Loch auf, wischt sich die Nase mit einer Handvoll Schnee ab, überprüft, ob das Nasenbein noch heil ist und springt mit einem Satz auf.

Jetzt kommen die anderen an. Sie rudern mit den Armen durch den pappigen Schnee und sagen so Sachen wie: Aber hallo, hast wohl zuviel Sonne abgekriegt! Was für ein Absturz, lebst du noch? Oder schlimmer: Bist du tief rein? Kannst du die Chinesen sehen? Kurz gesagt, so Zeug, wie es dämliche Bleichgesichter lallen, die von der Welt noch nichts gesehen haben.

Laclope deutet auf seine geschwollene rotblaue Nase. Als er seinen Schlitten holen geht, erklärt er: »Ich weiß, wie man richtig fällt. Drum hab ich keinen Schiß vor der Piste hier. Und die Kälte betäubt einen sowieso. Ich würd's noch nicht mal spüren, wenn mir was weh täte.«

Das schlucken die anderen ohne ein Wort und holen ihre Schlitten. Nach dem Ding wäre es zu blöd von ihnen, wenn sie jetzt nicht die Piste runterfahren würden.

Oben angekommen, schreit Laclope: »Alles bleibt, wie's war. Ich führe die Piste an, nach mir kommt Hercule. Die übrigen können machen, was sie wollen.«

Er gibt mir ein Geheimzeichen: Der-Tapfere-durchbohrt-mit-seinem-Blick-den-Himmel. Und wieder fährt er los, bremst am dicken Buckel aber zu stark. Vor dem Fluß kommt er zum Stehen.

Jetzt bin ich an der Reihe. Ich weiß, wie schnell man den Buckel nehmen muß, ich schmeiße mich auf meinen Schlitten. Auf dem Bauch sause ich dicht am Schnee die Piste runter. Ich brause über den Buckel. Danach flitze ich nur so, der Schnee knirscht unter meinen Kufen, der Schlitten und ich sind eins. Ich rase mit tödlicher Geschwindigkeit, ich kann gerade noch das Eis auf dem Fluß knacken hören, da bin ich schon auf der anderen Seite. Sofort stehe ich auf. Eine zweite Fahrt hält das Eis nicht aus.

Aber Laclope ist schon wieder unterwegs. Spielend nimmt er den Buckel. Ich rufe ihm zu, daß er anhalten soll. Er hört nichts, denn er macht lauthals einen Flugzeugmotor nach. Mit verdrehten Augen redet er mit den Sternen, er ist schneller als das Licht.

Am Fluß knackt es plötzlich; Laclope versinkt schnurstracks im Wasser, das sich mit dem Schnee vermischt. Die großen Eisplatten, dünn wie Fensterscheiben, schaukeln und schließen sich wieder.

Es wird Abend. Die anderen machen sich heulend aus dem Staub. Ich stehe ganz allein im Dunkeln, wie blind. Und Laclope ist irgendwo unter dem Eis. Bei dem Schnee weiß ich nicht, wo die Böschung aufhört und wo der Fluß anfängt. Ich gehe ein Stück. Ich versinke im Schnee und dann im Wasser über dem Eis. Jeder Schritt hinterläßt ein schwarzes Loch.

Ich suche das zersplitterte Eis ab. Ich schreie: »Hör auf mit dem Quatsch... Komm da raus.«

Ich taste mich auf den rutschenden Kieseln voran. Ich weine ins Wasser, das mich überall zwickt.

»Laß den Blödsinn...«

Ich gebe das Schreien auf. Ich habe eine Stimme wie verrosteter Draht. Ich schlage das Eis um mich herum mit den Fäusten kaputt. Ich lasse mich auf die Knie fallen, das Wasser reicht mir bis zum Kinn. Ich glotze das schwarze Wasser an.

»Scheiße, Scheiße, blöde Scheiße«, sage ich ein paarmal.

Da höre ich es vor mir spucken.

Da ist er. Sitzt im Wasser. Hustet. Sein Körper wird innerlich von Fausthieben geschüttelt. Ich packe ihn und lade ihn auf meinen Rücken. Er ist k. o. oder plemplem oder beides zugleich. Allein schaffe ich es nicht, er ist zu schwer. Es ist zu kalt. Er spuckt mir Wasser in den Nakken. Ich ziehe an seinem Arm, den ich über meiner Schulter liegen habe.

Ich lege ihn auf meinen Schlitten, binde ihn mit meinem Pulli und meinem Anorak fest. Ich ziehe daran. Ich höre Stimmen. Sie rufen nach uns, sie sagen: Dort ist es, unten an der Wiese von den Matthieus. Auf dem Weg tauchen Autoscheinwerfer auf, am Rand der Tannen, Stimmen von Männern, die was gesehen haben.

Ich halte auf die Stimmen zu, ich will zum Scheinwerferlicht laufen, ich ziehe mit aller Kraft. Der Schlitten rutscht mir weg, fährt direkt auf die anderen zu. Sie schreien. Unten am Hang kippt er um. Laclope rollt den Männern vor die Füße. Ich erkenne den Vater von Laclope, meinen Vater, Doktor Maurel und die Ameisen, die sie hergeholt haben.

Laclope liegt in den Armen seines knienden Vaters, der ihn zusammen mit dem Doktor in eine Decke wickelt und zu einem Auto trägt. Es fährt los, mein Vater sitzt am Steuer.

Aus dem anderen Auto steigt meine Mutter. Sie hüllt mich in eine Decke, drückt mich in ihre Arme und weint. Die anderen stellen Fragen, aber ich höre nichts.

Jetzt warten wir schon seit einer Stunde auf meinen Vater. Ich habe alles erzählt und dabei ein bißchen geschwindelt. Wir hätten es nicht absichtlich gemacht. Meine Mutter hat so getan, als ob sie mir glaubt, und dann waren wir still. Mein Bruder sitzt auf dem Boden, er schmiegt sich an die Beine meiner Mutter.

Mein Vater kommt in die Küche. Er trägt meinen Pulli und meinen Anorak zu einem Knäuel zusammengerollt, er schaut mich an, als ob ich eine Mauer wäre, die quer durch sein Leben verläuft. Er wirft mir das nasse Kleiderbündel vor die Füße. Es klatscht auf den Fliesen. Ich komme mir vor wie ein Putzlumpen. Ich habe gefroren, ich hatte Angst, und jetzt werde ich fertiggemacht.

Sein Blick hat etwas, was ich darin noch nie gesehen habe. Etwas Zufriedenes und Boshaftes. Vielleicht die neue Abreibung, die er sich gerade ausgedacht hat. Danach wird von mir nichts mehr übrig sein, aber wie sie aussehen soll, darauf komme ich nicht, er hat nichts in der Hand. Er läßt mich warten. Meine Mutter seufzt leise und sagt: »Und, wie geht es ihm?«

Mein Vater antwortet ihr nicht. Er spricht mit mir: »Wegen deinem ganzen Blödsinn ist der Kleine von den Nicauts tot.«

»Das ist nicht wahr.«

Meine Augen sehen nichts mehr, in mir verkrampft sich alles. Alles verschwimmt und verkrampft sich. Das kann nicht wahr sein. Gleich wird er mir sagen, daß es nicht wahr ist. Er wartet bloß, weil er mir Angst einjagen will. In mir verkrampft sich alles so sehr, daß ich gleich platze. Ein paar Fasern geben schon nach. Er sagt zu mir: »Du hast ihn umgebracht.«

Ich bin in meinem Zimmer, aber ich weiß nicht, wie ich dorthin gekommen bin, ich kann nicht denken. Meine Gedanken sind wie Wasserstrahlen. Sie fangen an, und dann zerfallen sie in lauter Tröpfchen. Ich sehe, wie das Eis aufreißt und wie Laclope senkrecht untergeht. Hinter der Tür höre ich meine Mutter: »Hector, warum tust du ihm das an?«

Das Eis schaukelt, und das schwarze Wasser schließt sich wieder. Mein Vater antwortet: »Überlaß das nur mir. Das wird ihm eine Lehre sein. Und versuch ja nicht, ihn zu trösten.«

Es gibt nichts zu trösten. Nichts und niemand. Überall, wo ich hinschaue, sehe ich, wie sich das Wasser wieder schließt.

Ich bin ein Wasserstrahl wie meine Gedanken. Ich bin in Tröpfchen zersprungen, die kleiner sind als nichts.

Vor mir bricht pausenlos das Eis, schließt sich das Wasser. Sogar wenn ich die Augen zumache, fängt es wieder an. Ich bin wie ein Haus mit kaputter Fassade. Wind und Kälte dringen in meine Zimmer, schlagen die Türen ein. Auch der Tod ist hereingekommen. Ich habe überall Angst, niemand ist mehr bei mir daheim, alle meine Fenster klappern.

Ich liege auf dem Boden, um mich herum steigt das schwarze Wasser, und Laclope liegt darin. Ich kann mich nicht zusammenreißen. Ich möchte verschwinden, mich in immer kleinere Stückchen auflösen. Nichts mehr spüren. Nicht mehr das schwarze Wasser sehen, das ununterbrochen steigt.

Ich gebe auf. Und ganz weit weg schlafen Tröpfchen von mir ein.

Meine ganze Müdigkeit kommt wieder hoch. Sie packt mich.

Beim Frühstück bin ich allein mit meinem Vater. Meine Mutter und mein Bruder sind schon weg. Ich habe verschlafen. Ich spüre nichts, es ist, als ob ich an etwas operiert worden wäre, was größer ist als ich, ich mache alles wie gewohnt, aber willenlos. Meine Schale Kakao ist leer. Ich habe mich zum Trinken gezwungen. Es ist das einzig Lebendige in mir: nur die Schokolade, die in meinem Bauch herumplatscht. Mein Vater beobachtet mich mit dem gleichen Blick wie gestern abend. Nichts ist mehr, wie es war, alles tut so, als ob es noch genauso wäre, und ich, ich stecke dazwischen. Ich stehe auf, schlüpfe in meine Schuhe und meinen Anorak und nehme meinen Ranzen.

Als ich die Hand auf die Klinke lege, sagt mein Vater: »Laß deine Schuhe sehen. Sind sie gewichst?«

Ich bücke mich, fahre mit dem Finger über einen Schuh. Ich zeige ihm den Finger mit einer Spur Schuhcreme daran: »Siehst du.«

»Aha, na schön, aber paß bloß auf beim nächstenmal...«

Ich gehe. Meine Latschen sind weder trocken noch gewichst, bloß abgewischt. Seit der Sache neulich schmiere ich mir für alle Fälle Schuhcreme auf den Finger.

Er wird mich in hundert Jahren nicht in Ruhe lassen. Heute hat es geklappt, der Trick war gut eingefädelt.

Aber das ist mir egal, ich habe Laclope nicht mehr, um es ihm zu erzählen.

Merdel de Borde wartet schon auf mich. Er will mich begleiten, er läuft neben mir her, als ob das wichtig wäre. Er trottet in der Morgensonne. Und ich gehe in meiner Nacht weiter. Er läuft an der Trennlinie zwischen uns entlang. Sogar seine Spuren haben etwas Fröhliches. Vor der Schule hockt er sich hin und rührt sich nicht mehr. Er sieht aus wie ein Grenzstein zwischen zwei Welten. Ich gehe hinein.

Was Lalumière betrifft, so werde ich alles tun, was er will, ich habe nicht den Mut, mich dafür zu schämen, daß ich ihm gehorche. Ich klopfe an die Klassenzimmertür. Als er »Herein!« sagt, gehe ich hinein, bis zu seinem Pult, stelle mich vor das Podest und sage: »Monsieur Lalumière, wollen Sie meine Verspätung bitte entschuldigen.«

Ich zähle bis zehn und spreche weiter: »Ich habe verschlafen, das ist zwar eine Erklärung, aber keine Entschuldigung, darum bin ich unentschuldbar.«

Lalumière kann kaum glauben, daß ich noch alle Tassen im Schrank habe. Er streckt einen Finger hoch. Das ist das Minimum, hundert Zeilen mit Unterschrift. Er schaut mich an, als ob ich ihn reinlegen wollte, aber weil er keinen Beweis hat, sagt er, ich solle auf meinen Platz gehen.

Ich drehe mich um und bleibe wie angewurzelt stehen. An unserem Pult sitzt Laclope. Anstelle der Nase hat er eine dicke blaue Kartoffel, und er macht mir das Blaufußzeichen mit der Bedeutung: Da-bleibt-mir-die-Spucke-weg.

Lalumière fragt mich, ob ich auf das Ehrenspalier der Gewerkschaft der Spätaufsteher warte, bis ich mich auf meinen Platz setze. Also gehe ich bis zu meinem Pult und rutsche neben Laclope.

»Du bist nicht tot?«

»Einen Kerl wie mich, den bringt so schnell nichts um.«

»Aber mein Vater hat gesagt, daß du tot bist...«

»Der Mistbock, das hat er gesagt?«

»Ja, gestern abend.«

Ich bin baff. Das also hatte er im Blick. Er ist kein Bock, sondern eine Schlange. Gestern tropfte ihm das Gift aus den Augen.

Laclope sagt zu mir: »Dazu hatte er kein Recht...«

Ich antworte nicht. Ich bin völlig sprachlos. Lalumière legt wieder los: »Wenn die beiden Hanswurste da hinten endlich mit ihrer Nummer aufhören wollten, dann könnte ich vielleicht mit dem Unterricht fortfahren...«

»Wir haben nicht geschwatzt, Monsieur.«

Ich sehe, wie Laclope seinen Fehler begreift. Aber da ist nichts mehr zu machen, wir sind verratzt. Lalumière weidet sich: »Ach ja? Und was hast du gesagt, als du nicht geschwatzt hast?«

»Monsieur Lalumière, ich hab bloß wiederholt, was Sie gesagt haben, bevor er gekommen ist.«

»Hältst du mich für blöd?«

»Ja, Monsieur Lalumière.«

Laclope ist wieder bei Verstand. Wir kommen billiger weg, wenn wir ja sagen.

Lalumière ist zufrieden, er streckt zwei Finger hoch.

Keine Pause und zweihundert Zeilen mit Unterschrift. Er lächelt und setzt hinzu: »Jeder.«

Er lächelt wieder und fängt an, von der Loire zu sprechen, als hätte er persönlich ihre Quelle entdeckt.

Mein Bruder schläft. Er ist Stück für Stück verschwunden. Jetzt ist bloß noch sein Atem übrig. Wieder einmal konzentriere ich mich auf ihn. Wenn mein Bruder schläft, verwandelt er sich in eine Maschine, die die Welt anhält. Er hat viel zu tun, damit sich nichts mehr rührt. Sonst stürzen die Wände ein; alles fällt durcheinander, weicht auf. Manchmal kann ich durch sie hindurchgehen, ich versinke in meinem Bett, ich kann nicht anders.

Das macht er mit seinem Atem. Er ist derjenige, der die Knochen der Welt härtet, derjenige, der gegen den Skelettdieb kämpft. Im Schlafen hindert er die Decke daran, zu einer Treibsandwüste zu werden. Und mein Bett daran, sich zu verflüssigen. Die Dinge haben Knochen. Und auch Wurzeln, weit weg, außerhalb von sich selbst, im Innern der anderen. Sie bilden ein Durcheinander, und wenn das an einer Stelle weich wird, wird es am Ende überall weich. Und ich falle nur noch in den Brei.

Heute abend hält die Welt zusammen. Ich betrachte den Lichtstrahl unter der Zimmertür. Langsam schließe ich die Augen, bis das Licht nur noch einen Punkt bildet, ich lasse meine Lider zittern und fange wieder an, den Punkt so klein wie möglich werden zu lassen.

»Hector, gib mir deine Hose, ich muß die Knie flikken…«

Meine Lider gehen wieder auf, durch das Licht und die Stimme meiner Mutter. »Ich weiß nicht, ob das hält, es ist jetzt schon das drittemal, daß ich...«

»Ich arbeite wegen meinem Kreuz auf den Knien, hör auf mit der Leier, die kenn ich schon auswendig.«

»Reg dich nicht auf, Hector, bitte...«

»Und schon geht's wieder los.«

»Hector.«

»Ich hab schon immer auf den Knien gearbeitet. Als ich jung war, hab ich das Totendenkmal restauriert... zwischen der Kirche und dem Friedhof, mit der Mauer und dem ganzen Kram... Schon damals hab ich auf den Knien gearbeitet... Meine Kniescheiben haben geblutet... Am Ende waren meine Oberschenkelknochen vom Zement zerfressen. Das war mein Kreuzweg... Dann hab ich dich kennengelernt, und das war der Anfang von meinem Golgatha... Der Teufel persönlich muß dich auf meinen Weg geschissen haben...«

Meine Mutter stößt einen Seufzer aus, der klingt, als käme er aus der Stimme meines Vaters.

»Das ist jetzt alles vorbei. Gestern hab ich auf der Straße ein paar Weiber getroffen... Die haben gemeint: Hector, sobald du Witwer bist, heiraten wir dich... Sie haben sich drum geschlagen... Ich hab ihnen postwendend die Meinung gegeigt. Kommt doch nicht in Frage, daß ich so 'ne Scheiße noch mal anfange... Sie haben ein schiefes Maul gezogen, die glauben, daß sie mit ihren Titten alles erreichen. Dabei erreichen sie bloß eins: Kaum faßt man sie an, hängt einem schon ein Balg am Hals. Sollen sie die mal mit anderen machen... Mit mir nicht... Ihr verteilt die Scheißer an allen Straßenecken.

Ihr kackt sie überallhin wie Kuhfladen ... Man latscht in sie rein ... Aber ich lass mir von euren Machenschaften nicht den Arsch auffressen ... Mit den Tricks ist Schluß ... Sieh zu, wie du aus der Scheiße kommst! Behalt deine Fladen ... Vor allem den ersten ...«

»Hector, du redest von deinem Sohn ...«

»Ich hab keinen Sohn. Kaum mal 'nen halben, und das ist nicht der ... Der ist nicht mein Sohn, der ist Scheiße auf zwei Beinen ... Der kann nicht von mir sein ... Den mußt du mit 'nem anderen Kerl gemacht haben. Du hast mich hinters Licht geführt, als du ihn mit mir gemacht hast ... Das ist schlimmer, als Hörner aufgesetzt zu kriegen ... Das ist schlimmer, als Hörner aufgesetzt zu kriegen, hast du mich verstanden?«

Auf die Seufzer meiner Mutter hin hallt die Stimme meines Vaters immer stärker durchs Haus. Ich klammere mich an den Atem meines Bruders. Davon wacht er nie auf, davon nicht und von gar nichts.

»Du bringst mich noch ins Grab ...«

»Du bist schon lange tot ... Schau hin ... Schau dich bloß an!«

»Hector, du hast getrunken ...«

Bei jedem Schlag gegen die Tür sagt meine Mutter wieder: »Laß mich los«, und mein Vater antwortet: »Schau, schau nur, ob ich getrunken hab.«

Er fängt zu brüllen an.

Er schmettert sie ein letztesmal gegen die Tür und ist plötzlich still.

Er hat meine Mutter losgelassen. Ich höre ein Geräusch, als ob ein Sack umfällt, ihre zermanschten Worte und den Spott meines Vaters.

»Also... Hab ich was getrunken? Ich fang jetzt erst zu trinken an. Ich mach ihn kalt, den...«

Die Küchentür knallt zu. Meine Mutter flüstert. Sie richtet ihre Worte wieder auf. Mit kleinen Knüffen, so, wie sie die Betten macht. Auf die Kissen klopfen, damit sie sich wieder bauschen, die unerwünschten Knicke verschwinden. Es ist nichts passiert. Sie entfernt sich mit leisem Stoffreiben, mit dem fast lautlosen Quietschen ihrer Schlafzimmertür, dem verlöschenden Licht. Ich hänge noch immer am Atem meines Bruders. Ich schließe die Augen.

Ich wache auf. Ich muß pinkeln. Ich gehe im Dunkeln durch den Flur und taste mich bis zur Küche, wo ich im Mondlicht meine Füße sehe. Auf der Standuhr ist es vier Uhr morgens, der Schnee draußen hat die ganze Dunkelheit der Nacht weggenommen. Ich zähle meine Zehen, ich versuche, mir vorzustellen, was passieren würde, wenn sie losziehen und ein unabhängiges Leben führen würden. Jede für sich. Ich hocke mich hin und lausche meinen Zehen. Ich frage mich, was sie denken, bevor sie sich aufmachen.

Die Küchentür fliegt auf. Ich kann gerade noch rechtzeitig unter den Küchentisch hechten, bevor das Licht angeht. Mein Vater kommt heim, er hat den Vater von Laclope dabei. Sie setzen sich an den Tisch, einander gegenüber. Davor hat mein Vater noch schnell im Büfett gestöbert, er hat zwei Gläser herausgeholt, sie auf das Resopal geknallt und seine Flasche dazu.

»Das ist meiner. Der ist richtig, den brenn ich selber.«

Links und rechts von mir dampfen ihre klobigen Arbeitsschuhe. Auf den Schnürsenkeln und in den Ösen liegt ein bißchen Schnee. Es riecht nach nassem Leder, nach Robbenfett. Und nach fauliger Friedhofserde.

Sie haben heute nachmittag ein Grab ausgehoben. Sie schweigen. Bestimmt starren sie auf den Grund ihrer Gläser. Das tut mein Vater immer. Er schenkt sich ein und starrt seinen Schnaps an. Der ist dicker als Wasser, er läuft anders, aber im Glas sieht er ähnlich aus.

Einmal hat er gesagt, der Schnaps sei durchsichtig wie ein Diamant. Lebenswasser sagt man dazu. Er hat meine Mutter angeschaut. Ein schönes Wässerchen, mein Mirabellenschnaps, hat er gesagt und sie durch das Glas angeschaut, der verändert die Welt, der macht sie schöner. Er hat gelacht. Er hat sich langsam gedreht, damit er die ganze Küche darin sehen konnte. Er ließ den Blick zu meinem Bruder schweifen und konnte mich nicht übergehen, da hat er anders gelacht. Sogar den da, den sehe ich nach drei, vier Gläschen nicht mehr...

Sie schweigen. Vielleicht berühren ihre Blicke sich auf dem Grund ihrer Gläser. Ihre Galoschen wechseln die Stellung. Sie trinken, sie reden, sie haben bei der toten Mongeot Wache gehalten und mit ihrem Vater Sonntagskorn getrunken.

»Jetzt ist sie erlöst... Dieses Mädchen war eine Last. Die hatten sie nicht verdient...«

Mein Vater schenkt wieder nach. Er sagt: »Wer weiß...«

»Das sind anständige Leute.«

»Wenn einmal der Wurm drin ist, dann steckt mehr dahinter... Ein Kind wie das ist eine Strafe... Ich will mir kein Urteil erlauben... Aber das ist der Beweis, daß da was nicht ganz sauber war...«

Die Schwester von Diesel ist also gestorben. Er hatte eine Schwester, und das wußte keiner. Sie ging nie aus dem Haus. Heute abend hat meine Mutter mir erzählt, daß sie fünfzehn war und den Verstand einer Dreijährigen hatte. Sie haben sie auf ihr Bett gelegt, mit lauter

Blumen drum herum. Ihr ganzes Bett war mit Blumen übersät.

Sie hat wie von fern gelächelt, mit einem Holzkreuz zwischen den Händen. Diesel hat geweint. Ihre Eltern haben sich fürs Kommen bedankt. Sie haben nicht ausgesehen wie Leute, bei denen jemand gestorben ist. Sie haben Gläser und Kuchenstücke herumgereicht. Sie haben gesagt, es ist kalt draußen, der Winter ist hart...

Ich habe gefragt, wie sie hieß. Ihre Mutter hat gesagt: »Marie-Désirée, sie hat so gern Blumen gemocht, darum soll sie zum Abschied welche haben, möchtest du Kuchen?« Ich habe welchen genommen, ihn aber nicht gegessen. Ich habe mich unten an ihr Bett gestellt und die Augen zugemacht, um zu zeigen, daß ich bete.

Aber ich mußte immer denken: Sie war erst da, als sie tot war. Das ging mir dauernd im Kopf herum. Dieser Augenblick. Ich habe den Augenblick gesehen, in dem ein Ertrinkender den Mund aus dem Wasser streckt, um nach Luft zu schnappen, bloß daß vorher niemand ertrunken war und nachher keine Luft mehr da war.

Über dem Tisch reden sie immer noch. Ihre Füße streifen mich. Bei jedem Glas wechseln sie die Stellung. Und ich muß immer dringender pinkeln. Es ist wie eine brennende Faust in meinem Unterleib. Und es zieht. Ich lege meine Wange gegen das kalte Aluminium des Tischbeins. Es wird sofort warm.

Mein Vater hat eine neue Flasche geholt. Er hat sich wieder hingesetzt und drückt mir die Knie mitten ins Gesicht. Ich wage nicht, auch nur einen Mucks zu machen.

Er schimpft: »Scheiße, François, du hast deine Beine zu weit unterm Tisch...«

Der Vater von Laclope erwidert nichts.

»Außerdem sind immer zu viele Beine unterm Tisch... Was für ein Scheißdreck... Du glaubst, du lebst in Frieden mit den Leuten... Aber dann gibt's andere... So Scheißkerle, die bloß ihre Beine mitbringen, um von unten deinen Schnaps zu zwitschern...«

»Ich hab mir schon gedacht, die Flasche war zu schnell weg...«

»Wenn du einen guten Rat willst, François, schau nicht unter die Tische... Besser, man weiß nichts... Darunter ist der reinste Saustall...«

Sie sprechen fast nicht mehr, sie stoßen miteinander an. Sie nuscheln ihre Worte, sie laufen ihnen aus den Gläsern. Ich habe mich über meinem Drang zusammengekrümmt, die Knie ineinander verkeilt. Über mir blubbern sie weiter. Sie stänkern, rülpsen und lachen dazu. Sie hauen auf den Tisch, bei jedem Schlag kauere ich mich zusammen.

Es kommt mir gleich aus allen Löchern heraus. Ich halte mich mit beiden Händen. Ich drücke meinen Pimmel zusammen, aber es ist zu spät, ich mache mir in die Hose. Die Pfütze breitet sich nach allen Seiten gleichzeitig aus, sie läuft unter dem Tisch vor und macht ein plätscherndes Geräusch, als sie gerade still sind.

Sie bücken sich gleichzeitig. Ich sehe erst ihre Schultern, dann ihre Köpfe. Die Mütze von Laclopes Vater fällt in die Pfütze, sie schauen sich an, ihre Blicke gleiten über mich. Mein Vater sagt: »Scheiße, ich hab mir in die Hose gemacht. Ich bin fertig... Das geht so schnell raus, wie's reingeht...«

Der Vater von Laclope hebt seine nasse Mütze auf,

zieht sie sich bis über die Augen. Er fällt fast auf den Boden, er verkrampft sich, von seinen Augenbrauen tropft es. Er schaut meinen Vater an: »Vielleicht bin ich's… Wenn ich trinke, trinke ich, um zu vergessen…«

Er klappt auf dem Tisch zusammen, murmelt etwas und windet sich auf seinem Stuhl, um sich wieder aufzusetzen. Auch mein Vater klappt zusammen. Er schimpft: »Nur ich hab das Recht, in meine Küche zu pissen…«

Er legt den Kopf auf seine Arme und wiederholt: »Das ist meine Küche…«

Der Vater von Laclope fängt an zu schnarchen, dann sagt er mit leiser werdender Stimme: »Vergiß mich… Vergiß mich… wie ich mich vergesse…«

»Das ist meine Küche…«

Sie sagen nichts mehr, sie schlafen mit den Füßen in meiner Pfütze.

Ich liege im Schnee und schaue in den Himmel. Da oben sind die Marsmenschen in fliegenden Untertassen, Jesus in seinem goldenen Raumschiff voller gotischer Friese und Türme, und auch die Sterne. Milliarden und Abermilliarden von Sternen. Laclope und ich, wir werden Kosmonauten, wir fliegen zu den Sternen, wir treffen Jesus und die Marsmenschen von sämtlichen Planeten. Dieses Jahr ist Gagarin als erster Mensch im Weltraum gewesen. Im Sputnik. Das war am 12. April, wir waren im CM 1, jetzt sind wir im CM 2 und fliegen zu den Sternen.

Das genaue Datum ist der 12. April 1961. Lalumière behauptet, das sei ein historisches Datum für die gesamte Menschheit, wie 1492 Christoph Kolumbus und Amerika. Er hat keine Ahnung. Erstens hat Christoph Kolumbus nicht gewußt, wohin er fuhr, und zweitens waren Laclope und ich nicht da.

Wenn wir dann in den Geschichtsbüchern stehen, Laclope und ich, ist Lalumière ein alter Idiot im Rollstuhl. Er ist hier geboren, er ist in diesem Klassenzimmer Schüler gewesen, er ist noch immer dort. In dreißig Jahren hat er vom Pult in der ersten Reihe bis zum Lehrerpult zwei Meter zurückgelegt. Und wir sollen Lalumière zu ihm sagen. Er ist ja so helle.

Er wird mit uns angeben: Laclope und Levant, die

habe ich gut gekannt... Sie waren meine Schüler, ich habe ihnen alles beigebracht. Mir verdanken sie es, daß sie die Sterne entdeckt haben...

Die dreckige Sau. Der ist dann so verkalkt, daß er die Finger zwischen die Speichen seines Rollstuhls hält. Die Strafarbeiten zählt er an seinen Fingerstummeln ab. Zwei Stummel, zweihundert Zeilen... Er weiß gerade noch, wo der Große Bär liegt. Aldebaran, Betelgeuse, Proxima Centauri, die Magellan-Wolke, die Andromeda-Galaxie... Das kennt er alles nicht. Er wartet darauf, daß die Amerikaner zum Mond fliegen, um noch ein Datum in seiner Sammlung zu haben. Aufs Grab schreiben wir ihm eine Reihe wichtiger Jahreszahlen – und am Ende sein Sterbedatum. Soll er verrecken. Nieder mit Lalumière. Dem Himmelstöter.

Auch die Tanne soll verrecken... Sie ist in der Mitte auseinandergebrochen. Der ganze Vormittag umsonst. Sie wird zu Friedhofsverkleidung verarbeitet. Sie hat nicht mitspielen wollen, und jetzt ist sie hin. Ich betrachte den Schneehaufen links von der Piste, er hat die richtige Höhe. Das war Laclopes Plan. Anstelle des Lochs, in das er neulich gefallen ist, der große Haufen aus Schneebällen, gemacht für einen Schneemann, aber nicht zu fest, um damit den Sturz abzufangen. Rechts von der Piste ist die Tanne, die zurückgeschnellt ist, genau in der Mitte auseinandergebrochen. Wir haben ein Seil an den Wipfel gebunden und den Baum bis zum Boden heruntergezogen. Das blöde Ding ist geplatzt.

»Wir bauen ein römisches Katapult, bloß besser. Wir setzen uns auf die Tanne, schneiden das Seil durch und fliegen wie Jesus persönlich...«

Das hat Laclope den ganzen Vormittag über immer wieder gesagt. Bis wir das Seil und das Beil bei den Petitcolins geklaut, die vielen Bälle gerollt und auf einen Haufen gelegt hatten, war der Vormittag vergangen.

Und jetzt nichts und niemand mehr. Ich setze mich auf meinen Schlitten. Ich habe Bauchweh und betrachte die Tanne. Sie läßt den Kopf hängen, die verkanteten Zweige im zerwühlten Schnee. Man sieht ihr ganzes Inneres. Spitz reckt sie die Splitter ihres geborstenen Stamms in den Himmel.

Das nagelt mich auf meinem Schlitten fest. Ich kotze gleich. Meine Beine sind bleischwer, aber ich schaffe es, mich aufzurichten und kotze gerade in die Luft. So hoch und weit ich kann. Schokolade und dann Brot und danach Galle. Gallespritzer am Himmel. Diese Tanne, die nur noch ihr Inneres zeigt, ekelt mich an. Ich habe nichts mehr zum Kotzen, aber ich mache weiter. Ich kotze Luft, aus meinem umgedrehten Magen, meinem umgestülpten Bauch. Und mir ist noch übler als zuvor. Ich stopfe mir Schnee in den Mund, ich verschlinge die eindringende Kälte, sie bringt alles wieder in Ordnung. Ich habe die Kraft, mich umzudrehen, anderswohin zu schauen, dorthin, wo der Schnee unberührt ist. Ich wiege dreihundert Tonnen, aber ich gehe weiter, ich ziehe die Füße und einen großen Gallefaden nach.

Die Schokolade habe ich mittags zum Brot gegessen. Wir hatten alles fertig und haben alle gegessen, oben bei der Wiese der Matthieus. Laclope hatte Sardinen und dazu Wein in seiner metallenen Feldflasche. Den Wein hat er im Lebensmittelladen seiner Mutter geklaut, Bérénice die Haselnußschokolade. Wir haben uns auf unsere

Schlitten gesetzt, unsere Anoraks ausgezogen und die Ärmel hochgekrempelt. Die Ameisen sind den Hang hochgeklettert, Bérénice hat neben mir den Berg angestarrt.

Sie hat genau zwischen den Himmel und den Bergrükken geschaut und gesagt, daß sie es auch probieren will. Sie hat gesagt: »Du sollst mir zusehen.« Dann hat sie mir die Hand auf den Arm gelegt. Das hat mir einen elektrischen Schlag versetzt. Ich bekam bleischwere Beine davon. Man darf mich nicht anfassen. Niemand. Niemals. Das zerreißt mich, und danach kann ich mich nicht mehr rühren. Mir lagen nichtssagende Worte auf der Zunge. Aber mein Mund war verschlossen. Nicht weil ich die Lippen zusammengepreßt habe, sondern so, als ob ich keinen Mund hätte.

Bérénice ist fort. Ich habe mich innerlich gewunden, aber alles war verschlossen. Danach ist die Tanne geplatzt, und alle gingen nach Hause. Ich habe mich in den Schnee gelegt, ich habe den leiser werdenden Schreien gelauscht. Je weiter sie weg waren, desto mehr wollte ich kalt werden. Ich wollte gefrieren, als ich nichts mehr gehört habe. Da habe ich den Himmel gesehen. Ich habe an die Sterne gedacht. Ich fliege zu den Sternen. Dort finde ich einen Planeten aus Schnee. Aus nichts als Schnee und Eis. Einen Ort, wo man tausend Jahre schlafen kann. Einen Ort, wo man tot und hart wie Eis sein kann, ohne daß etwas in einen hinein- oder aus einem herauskommt.

Beim Schnee kann man fast bis zum Schluß so tun als ob. Man kann auf ihm laufen und behaupten, daß nichts darunter ist.

Es gibt zum Beispiel nichts Verfaultes. Es gibt keine Sachen, von denen einem übel wird, es gibt nur mich darauf. Manchmal habe ich dann das komische Gefühl, auf einer Welt zu gehen, die nicht dicker ist als eine Schneeschicht. Ich bin so leicht, daß ich nicht einbreche, so sehr verstelle ich mich.

Ich rühre mich nicht, ich versuche, nicht dazusein. Auch nicht woanders, ich bin bloß wie Rinde, stehe ganz senkrecht. Am Waldrand schaut mich ein Kaninchen an. Es ist echt, sitzt auf seinem Hintern und stellt die Ohren auf.

Vielleicht bin ich unsichtbar. Vielleicht habe ich es geschafft.

Langsam gehe ich zu ihm. Es starrt mich an. Als ich keine zwei Meter mehr entfernt bin, schreckt es hoch. Es schaut, als ob es urplötzlich aufwachen würde. Es steckt ganz in seinen Augen. Randvoll. Es flüchtet im Zickzack. Ich brauche bloß seinen Spuren nachzugehen.

Nach ungefähr fünfzehn Haken versteckt es sich unter dem verschneiten Gebüsch. Jedesmal, wenn ich ganz nah dran bin, flüchtet es. Aber ich habe den längeren Atem. Seine Spuren verraten es. Ich will es heute abend essen. Ich schlitze es auf und nehme es aus, daß überall Blut herumspritzt. Ich hole es aus seinem umgestülpten Fell. Dann steckt es nicht mehr in seinen Augen, und es gibt niemand mehr.

Dort sitzt es, unter einem gefällten Baum, dort, wo seine Spuren aufhören.

Hinter mir blökt es los: »Jean! Jean! Wo bist du, Jean!«

Die Stimme kommt näher. Es ist der Braille-Conin, der blökende Trottel. Er taumelt herbei. Er trägt seinen alten Pelzmantel und eine braune Kapuze, er fuchtelt mit seinem Fernglas herum und rennt vorbei, ohne mich zu sehen. Er hüpft mit großen ungelenken Sprüngen und stößt sich an den Bäumen. Jedesmal schaut er in sein Fernglas und schreit: »Jean!«

Er erwartet keine Antwort. Er ist der Dorftrottel. Er sucht seine Mutter. Die Deutschen haben sie umgebracht und vor seinen Augen aufgeschlitzt. Das war im Krieg. Er war fünf Jahre alt und sie schwanger. Er ist übergeschnappt. Ab und zu läuft er los wie ein Verrückter, er schnappt sich eine Frau, drängt sie in die Enge, reißt ihr die Unterhose runter, schaut mit seinem Fernglas unter ihren Rock und schreit: »Jean! Jean! Du kannst rauskommen, sie sind fort!« Er ruft seinen Bruder und läuft heulend weiter. So glaubt er, seine Mutter wiederzufinden.

Die Leute lassen ihn machen, er ist nicht bösartig. Er wohnt bei seiner Großmutter. Der haben die Deutschen bloß die Nase abgeschnitten.

Bei dem ganzen Geschrei ist das Kaninchen abgehauen. Ich hätte es sowieso nicht erwischt. Der Braille-Conin stürzt in den Wald, er tritt im Gehen den Schnee nieder, gräbt eine tiefe Furche. Ich gehe weg, ich habe Bauchweh. Morgen findet ihn jemand, schlafend in einer Scheune.

Ich selbst finde meine Mutter nie wieder. Eines Tages war sie nicht mehr dieselbe. Mein Vater auch nicht, aber das war schon immer so. Das war der Tag, an dem Großvater mich töten wollte, in der Nacht. Wir hatten nicht genug Betten, darum habe ich bei ihm geschlafen. Ich bin aufgewacht, er hatte meinen Pimmel in seinen Mund gesteckt und seine Finger woandershin. Es hat mir sehr weh getan, und ich habe geschrien. Da hat er mich halb erwürgt. Er wollte, daß ich still sei, aber ich konnte gar nichts sagen, weil er mich gewürgt hat. Ich hab an sein Gebiß in einem Glas gedacht, im Badezimmer, an nichts anderes. An seinen zerstückelten Mund, die Hälfte im Badezimmer, die andere auf mir. Er hat ganz fest zugedrückt und gesagt: »Wenn du was erzählst, bring ich dich um.«

Danach habe ich unter dem Bett geschlafen. Dort konnte er nicht an mich ran. Am nächsten Morgen hat meine Mutter nichts bemerkt, es war doch ihr Vater. Da habe ich gewußt, daß sie nicht meine Mutter ist. Am Abend hat mein Vater mir eine Tracht Prügel verpaßt. Ich wollte allein schlafen, egal wo, aber allein. Prügel mit einem Verlängerungskabel. Ich hab nichts gesagt, ich bin nicht hineingegangen, er hat mich in das Zimmer geworfen. Ich habe wieder unter dem Bett geschlafen. An den folgenden Tagen bin ich allein hingegangen, direkt unters Bett, mit einem Messer.

Da hat mein Großvater angefangen, mir von seinem Krieg von 1914 zu erzählen. Der alte Mist von den Gräben voller Schlamm, Gas, Stacheldraht und Ratten. Das hat er alles im Dunkeln über mir ausgeschüttet, durch das Bett. Er hat mich mit seinen Männern ertränkt, die zehn Meter vom Graben niedergemäht wurden, die nächtelang gebrüllt haben und schließlich zu Tode gefault sind. Und seine Wurmstimme hat mich damit zum Verfaulen gebracht. Er hat gesagt, daß sie dann zum Angriff losmarschiert sind. Und vor dem Sturm einen kräftigen Schluck Rotwein, sonst hätte keiner mitgemacht. Er ging immer voraus, er war Offizier. Er hat seinen Krieg gewonnen, die Deutschen haben ihm nichts abgeschnitten.

Alte Gräben, verrostete Gewehrteile, im Wald gibt es überall welche. Ich kann auf diesem Boden voller Toter nicht mehr gehen. Der Schnee kann daran nichts ändern. Ich renne bis zum Bach. Er ist zugefroren, auf dem Eis habe ich eine Chance zu entkommen, wenn ich nicht einbreche. Ich schlüpfe durch die überfrorenen Büsche, unter den schneebeladenen Ästen durch. Ich rutsche aus und falle gegen einen weißen Baum. Er kracht zusammen.

Da halte ich mich geradeaus und verheddere mich im Dornengestrüpp. Ich schlage um mich und bleibe wie ein Toter in den Stacheldrahtgräben hängen. Der Schnee rutscht mir am Hals hinunter bis auf den Bauch, er brennt auf meinen Kratzern. Ich kreische und strample mit den Beinen. Ich springe auf, reiße mich los, haue drauf. Ich mache irgendwas, so heftig ich kann. Ich bin wieder frei.

Ich sitze im Schnee und halte einen erfrorenen Riesenvogel in meinen Armen. Steif, mit ausgebreiteten Flügeln, gigantisch. Ich habe ihn aus den Dornen gerissen, ohne es zu merken. Er sieht zerbrechlich aus, wie von der Kälte gekreuzigt. In seinem Blick ist noch was. Ein Glänzen. Es ist ein großer Bussard, ich will ihn nach Hause tragen, ihn retten, ihn füttern und pflegen. Im Frühling, wenn er wieder gesund ist, lasse ich ihn frei.

Ich habe den Bussard in eine Pappschachtel gelegt, auf Seidenpapier. Ich habe ein Loch in den Deckel gebohrt, die Schachtel auf meinen Schlitten gebunden und bin zum Rathaus gezogen, um mir die Prämie abzuholen. Ich ziehe den Schlitten ganz vorsichtig. Als ich die Schachtel schloß, hat der Bussard mich angesehen.

Es hat aufgehört zu schneien. Drei Tage hintereinander fiel Schnee. Der Bussard hat nichts gefressen und nichts getrunken. Ich laufe auf der letzten Straße der Welt. Zwischen dem Dorf und dem Weiler, wo ich wohne, und auch auf der Fernstraße ist seit drei Tagen nichts los. Der Schneepflug ist tot, die Hälfte der Häuser vom Strom abgeschnitten, die Schule geschlossen.

Der Himmel ist zu leer, davon wird mir schwindelig. Das Gewirbel der Flocken fehlt mir. Es macht hohl, es zieht die Augen bis zu den Bergrücken. Unter der Schneeschicht verliert alles seine Form.

Der Schnee hat übertrieben. Alles ist zugeschweißt, die Brücke ist verschwunden, übrig ist nur noch der breite gerade Graben der Straße. Die Drähte zwischen den Strommasten sind voller Schnee und Eiszapfen. Sie sind zu schwer, ab und zu reißen welche in einer Explosion auseinander. Alles kracht herunter, und die Eiszapfen bohren sich in den Schnee.

Mein Vater will den Bussard nicht im Haus haben.

Ich hatte auf dem Beton eine Rolle Gitterdraht aufgestellt. Bretter darüber, den Bussard rein, das ergab einen schönen Käfig.

»Was ist denn das für eine Schweinerei in der Garage? Das räumst du mir weg…«

Während er das sagte, sah er meine Mutter an. Ich habe geantwortet: »Das ist ein Bussard. Er hat Erfrierungen.«

»Bussarde sind Schädlinge. Wir brauchen nicht noch einen Schädling in unserer Hütte.«

Meine Mutter hat nichts gesagt. Er hat weitergeredet, nicht lockergelassen. »Schmeiß das Ding weg.«

»Der Junge könnte doch den Sturm abwarten, so lange, bis der Bussard sich erholt hat…«

»Das ist ein Schädling, seid ihr taub, oder was? Schädlinge rettet man nicht.«

»Aber…«

»Soll er verrecken!«

»Hector…«

»Soll er verrecken, und ihr dazu!«

Wir haben Buchstabensuppe gegessen. Meine Mutter hat gerade meinem Bruder davon gegeben und sich zum Essen hingesetzt. Mein Vater hat die Weinflasche angeschaut: »Du bringst ihn zum Rathaus. Für Schädlinge bekommt man Prämien. Und das Geld gibst du mir.«

In meinem Löffel hatte ich mit den Buchstaben »Depp« geschrieben.

Ich habe ihn gegessen. Wenn er mit der Flasche spricht, antworte ich nie.

Ich bin auf der Brücke stehengeblieben, bei der verfallenen Mühle. Außer den schwarzen Mauerresten hinter den eingestürzten Balken und dem Gestrüpp ist alles weiß. Unter der Brücke haben die Deutschen den Vater von Braille-Conin aufgehängt, zusammen mit einem anderen Widerstandskämpfer. Sie haben das Haus niedergebrannt. Vielleicht sind die zwei an ihrem Strick geröstet worden. Sie hatten Leute versteckt, keiner weiß, wo, aber alle sagen, daß der Fouine, der Marder, sie angezeigt hat.

Der Wind hat zugelegt, ich ziehe den Schlitten weiter. Irgendwo unter der Mühle gibt es Keller, die man nie wiederfand. Nicht einmal die Deutschen. Wo die Großmutter von Braille-Conin wohl ihre abgeschnittene Nase hingetan hat, das möchte ich gern wissen... Ob sie ihr ein kleines Grab geschaufelt oder ob sie sie mit ihrer aufgeschlitzten Tochter und dem toten Kind begraben hat... Und ab wann man genug ist, damit man ein eigenes Grab kriegt... Und wenn man innen leer ist und nur noch Haut übrig...

Für alles, was in uns tot ist, sind wir das Grab. Der Wind wird immer stärker, mir tun die Finger weh, obwohl ich Fäustlinge anhabe.

»**Was hast** du da in deiner Schachtel, mein Junge?«

»Einen Bussard, ich bring ihn wegen der Prämie.«

»Was für eine Prämie?«

»Na ja, mein Vater hat gesagt, das ist ein Schädling, darum gibt's im Rathaus eine Prämie, wenn man ihn abliefert...«

Das war Grandmougin, der Rathausschreiber. Er kommt näher. Mademoiselle Murail hat sich hinter ihrem Tresen aufgerichtet.

Ich stehe neben dem Kohleofen, auf der Eisenplatte zum Schutz des Holzbodens. Neben dem leeren Eimer eine einzelne Eierkohle. Ich komme um vor Hitze, der Ofen gibt sein Äußerstes, genauso grummelt es in meinem Bauch.

Vom Boden steigt der Chlorwassergeruch auf. Die Murail trägt eine weiße Bluse, ihre dicken Titten liegen auf ihren Armen, die sie über dem Tisch verschränkt hat. Sie mustert mich von Kopf bis Fuß, beugt sich vor. Um meine Schuhe herum wächst die Pfütze aus geschmolzenem Schnee. Sie schaut sie an: »Das ist der kleine Levant...«

»Ah ja, Hercule!«

Ich erwidere nichts. Ich bin dabei, neben dem Ofen zu verbraten, und ich kann es nicht leiden, wenn man mich

Hercule nennt. Ich mag es nicht, daß man mich überhaupt irgendwie nennt. Ich schaue die Statue der Republik auf ihrem Podest an.

»Laß das Tier mal sehen...«

Ich öffne die Schachtel und halte den Bussard. Er fängt an, die Federn zu spreizen, die Hitze hat ihn geweckt, er verheddert sich im Seidenpapier. Ich lasse ihn los. Die Schachtel fällt zu Boden, er flattert kreuz und quer, stößt an die Wände. Wie ein Idiot bleibe ich in meiner warmen Nässe stehen, mit dem Deckel in der Hand.

Die Murail hat angefangen zu schreien. Das kleine Kreuz an ihrem Halskettchen hüpft rasend schnell von einer Brust zur anderen.

»Er lebt! Der Junge spinnt, der Bussard lebt noch!«

Der Bussard hat den Karton mit seinen Krallen durchlöchert. Er trippelt über die Eisenplatte, schlägt mit den Flügeln. Ich rühre mich nicht, ich kann die Augen nicht von dem kleinen Kreuz wenden.

Halb über dem Tresen liegend, amüsiert sich Grandmougin: »Fang ihn ein, verflixt...«

Da reiße ich mich von den Titten der Murail los. Ich laufe dem Bussard hinterher und drücke ihn unter den Deckel.

»Prämien für Schädlinge gibt's tatsächlich... Wenn man sie umbringt. Man braucht die Tiere nicht ins Rathaus zu bringen. Was sollen wir denn damit anfangen? Bei Vögeln bringst du bloß die Krallen, das reicht zum Beweis, das Rathaus ist doch kein Zoo...«

Er wühlt in einer Schublade voller Papiere.

»Schauen wir mal, Bussarde... Da muß es sein...«

Die Murail setzt sich wieder hinter ihren Tresen. Aus

ihrem Dutt hat sich eine breite Strähne gelöst; sie fällt ihr ins Gesicht.

»Bussarde... Da ist es... Die Prämie beträgt fünfzig Centimes.«

Ein Witz. Ich drücke die Schachtel gegen meinen Bauch und trete den Rückzug zur Tür an.

»Geh nach Hause, mein Junge, und bring mir die Krallen, wenn du das Geld willst...«

Ich bin bis zur abgebrannten Mühle gegangen. Mein Schlitten steckt in einer Schneewehe, ich habe mein Messer herausgeholt. Das Geld ist für meinen Vater. Der geht mir echt auf die Eier. Entweder ich schneide die Krallen ab, oder er bringt mich um.

Der Bussard wehrt sich bestimmt, wenn ich ihm die Füße abschneide. Dann wird sein Blut spritzen, alles wird vollgepanscht, und ich kriege die Flügel ins Gesicht. Er entwischt mir, läuft auf seinen Stummeln davon, bricht im Schnee zusammen, rappelt sich wieder hoch und fliegt in einem Regen aus Blutstropfen fort. Das will ich nicht erleben. Soll er sich sein Geld doch in den Arsch stecken. Ich nehme mein Messer und schneide die Schnüre durch, mit denen ich die Schachtel an meinem Schlitten befestigt habe. Ich nehme den Deckel ab, hole den Bussard heraus und schleudere ihn mit aller Kraft zum Himmel hinauf.

Er fällt nicht wieder herunter.

Bei jedem Erdbuckel wackelt der Kopf meines Bruders auf den Tannenzweigen. Mit seinem blauen Nylonanorak und seinem roten Nasenschützer sieht er aus wie eine Christbaumkugel. Er hockt in der Tanne, die ich auf den Schlitten gebunden habe, und läßt sich ziehen. Und ich spiele das Pferd.

Ich höre ihn nicht mehr. Bestimmt ist er eingeschlafen. Wir haben den Berg kreuz und quer abgelaufen, um seinen blöden Tannenbaum zu suchen. Nie war es der richtige. Immer hat er was gefunden, was nicht gestimmt hat, und natürlich hat nur er es gesehen. Ich habe schon geglaubt, der Wald wäre nicht groß genug für ihn.

Er wollte nicht irgendeinen Baum. Ich habe ihm gesagt, wir holen einen schönen, nicht zu groß, und wenn er geschmückt ist, daheim, da wird ein Weihnachtsbaum draus. Aber vorher ist es ein Baum wie jeder andere. Nein, hat er gesagt, es ist mein Weihnachtsbaum, er ist für mich gewachsen. Er ist dieses Jahr soweit, wir dürfen ihn nicht verpassen. Und wie willst du ihn erkennen, habe ich zu ihm gesagt, ruft er dich vielleicht, streckt er seine Ästchen nach dir aus und schreit: Achille, ich bin's, dein Tannenbaum? Du bist ganz schön böse, hat er mir geantwortet, es ist nicht schwer, wenn's meiner ist, dann erkenne ich ihn bestimmt.

Ich habe ihn nicht umgebracht, denn er ist mein Bruder, doch es hat nicht viel gefehlt. Aber am Ende hat er ihn wirklich aufgespürt, seinen Tannenbaum. Und da wäre ich vor ihm fast auf die Knie gegangen, wenn ich wüßte, wie man das macht, wie Laclope immer sagt. Das mußte ein Weihnachtsbaum sein. Es war, als ob die Girlanden und Kugeln schon dran wären, obwohl doch auf den Zweigen bloß Schnee und Reif lagen. Wenn mein Bruder einmal Blaufuß ist, dann wird er der Zauberer sein.

Es hat wieder angefangen zu schneien. Ganz stark. Ich kann nicht sagen, ob der Schnee von oben oder von unten kommt, so sehr wirbelt er von überallher. Es schneit pausenlos. Wenn ich den Schlitten ziehe, gibt es kein vorn und kein hinten, ich gehe mit meinem Stück Welt um mich herum weiter. Mein Bruder spricht im Schlaf mit dem Tannenbaum. Er erklärt ihm, wie er ihn schmücken will, wie das Haus ist, in das er kommt. Manchmal gehen seine Worte im Schnee unter, werden zu Flocken, die mit den anderen herumwirbeln. Sie decken unsere verlöschenden Spuren zu. Ich habe Stiefel aus Eis, brennende Knöchel, und meine Hosenbeine sind unten zugefroren. Ohne zu überlegen, stapfe ich den Hang hinunter, dort muß es einfach ins Tal gehen...

Mein Bruder wacht auf, er stößt einen Schrei aus wie ein fertiger kleiner Scheißer:

»Wir sind ganz schön weit weg von daheim.«

»Ist doch klar, so viel, wie wir rumgelatscht sind wegen deinem blöden Scheißtannenbaum.«

»Tja, aber ich hab ihn gefunden.«

Es ist fast dunkel, aber das ändert nichts, ich merke ihm sein Spatzenhirn an seiner Stimme an, als ob ich in seinem Kopf wäre.

»Ja«, antworte ich, »aber das war kein Zuckerlecken.«

Er streckt seine Fäustlinge aus, schüttelt den Schnee von den Zweigen und sagt: »Wir hätten ohne ihn nicht heimgehen können.«

»Na, das kannst du denen daheim selber erklären.«

Er hält den Mund.

»Und woher hast du gewußt, daß da ein Tannenbaum nur für dich steht?«

»Das ist ein Geheimnis.«

»Du kannst mich mal.«

Ich höre auf zu ziehen, der Schlitten rutscht ein Stück weiter bis zu einem schwarzen Aschekreis. Es ist inzwischen stockdunkel. Ich stochere mit dem Fuß in der Asche, ein bißchen Glut ist noch da.

»Wo sind wir?«

»Bei einem Holzfällerfeuer.«

Ich schiebe die Aststückchen, die noch nicht ganz verbrannt sind, in die Mitte zurück, blase in die Glut, und das Feuer flammt wieder auf.

»Warum wird es im Winter mitten am Tag dunkel?«

»Weil die Erde rund ist. Wenn sie am anderen Ende ihrer Umlaufbahn ist, dann haben wir die Sonne kürzer.«

»Das glaub ich nicht.«

»Ach nein?«

»Ich glaube, daß ihr kalt ist, darum dreht sie sich schneller, damit ihr warm wird.«

»Und wenn sie mit den Zähnen klappert, dann gibt's ein Erdbeben?«

»Nein, dann ist ihr so kalt, daß sie sich zusammenzieht. Sie wird ganz klein, und dann kriegen wir nicht viel Sonne...«

Ich schiebe verkohlte Aststücke ins Feuer zurück, viele sind es nicht mehr. Es ist so, wie wenn mein Vater die abgestorbenen Äste und das alte Laub hinten im Garten verbrennt. Er macht ein großes Feuer, wir werfen alles rein, was verbrannt werden soll. Erst wird es weniger, und ein bißchen später ist gar nichts mehr davon da. Das Feuer stirbt. Danach suchen mein Bruder und ich übriggebliebene Holzstückchen zusammen, das kleinste bißchen Brennmaterial. Wir wollen nicht, daß das Feuer ausgeht. Es ist ein Wettlauf gegen die Dunkelheit, wir tun so, als ob wir Steinzeitmenschen wären, wir suchen im Dunkeln, wir tasten mit den Händen, wir klauben Reisig auf. Am Ende haben wir ein ganz kleines Feuerchen aus gar nichts. Wir klammern uns daran, als ob es das einzige wäre, was die Welt in Gang halten kann, und als ob wir mit ihm verlöschen würden.

»Die Heinzelmännchen.«

»Was – die Heinzelmännchen?«

»Na ja, die haben mir das mit meinem Tannenbaum gesagt.«

Ich schaue ihn an, in seinen Augen brennt eine winzige Flamme.

»Ich hab gedacht, du hast sie nie gesehen.«

»Manchmal reden sie mit mir, wenn ich sie nicht seh. Sie sind immer hinter mir, und wenn ich mich umdrehe, verschwinden sie.«

»Die sind aber schnell.«

Er lächelt zart: »Ja... Trotzdem sind sie ganz alt, fast so alt wie die Erde. Sie sind vierzigtausend Jahre alt.«

Er ist voll in Fahrt. Da sitzt er, mitten in seinem Tannenbaum, und wird immer leiser; zugleich schneit es immer weniger. Die Flämmchen in seinen Augen sind spitz geworden.

»Man muß nett zu ihnen sein, sie sind traurig, sie können nicht mehr auf ihren Planeten zurück, ihr Raumschiff ist kaputt.«

Ich habe eine gute Handvoll Tannennadeln gefunden und werfe sie Stück für Stück ins Feuer. Ich warte ein bißchen und frage dann: »Sind es Marsmenschen?«

»Ich weiß nicht, sie kommen von ganz, ganz weit her. Sie sagen: Wenn man ihren Planeten sehen könnte, dann wäre er wie eine Christbaumkugel am Himmel...«

Es hat völlig aufgehört zu schneien, jetzt ist das ganze Tal zu sehen. Es ist dunkler als der Himmel, aber man sieht die kleinen Lichter des Dorfes. Ich werfe die letzten Tannennadeln ins Feuer. Ich stehe auf, ich will nicht mit ansehen, wie es verlischt.

»Auf geht's!«

Mein Bruder schreit: »Hü! He, hü, mein Rappe!«

Ich spiele das Pferd; aus meinen Nüstern kommen zwei Dampfwolken. Ich schüttle die Schultern, und wir starten. Aber ich habe das Ziehen satt. Und wir sind so spät dran, daß er mir bestimmt das Gesicht gegen die Wand donnert. Weil es jetzt zu den Häusern runtergeht, steige ich zu der Tanne und meinem Bruder auf den Schlitten. Wir fahren geschwind los.

Wir lassen die letzten Baumgruppen hinter uns. Die Bäume sind mit Reif, Eis und Schnee überzogen – wie Glückwunschkarten, auf die Pailletten geklebt sind, damit es wie Schnee aussieht. Es glänzt und kratzt auch genauso: Wir bringen die unteren Äste zum Knacken, als wir mit einem Affenzahn vorbeirasen. Der Schnee spritzt in alle Richtungen. Mein Bruder brüllt, daß wir gleich abheben, und ich schreie, daß das schon längst passiert ist und ich nicht weiß, wie wir wieder landen sollen.

Wir flitzen auf ganzer Länge durch eine Tannenschonung, genau auf der Mittelachse. Links und rechts von uns sausen die Reihen junger Tannen vorbei, Tonnen von Schnee fallen auf uns. Wir brausen am Teich der Pierels vorbei, ohne was zu sehen, auf dem Feld hinter dem Haus der Petitcolins werden wir allmählich langsamer, und oben auf einer Schneewehe, so groß wie ein Berg, kommen wir zum Stehen: das ist der Misthaufen.

Merdel de Borde stürzt sich auf uns, er hat uns nicht erkannt. Er läuft um den Misthaufen herum. Er knurrt, bis ich mit ihm rede, da klettert er auf den Schneeberg, um uns Gesellschaft zu leisten. Er versinkt im Schnee, und je wilder er herumzappelt, desto tiefer sackt er ein, aber das macht ihm Spaß. Er verschwindet und taucht ein Stück weiter unten auf. Wir versuchen mit unserem ganzen Krempel runterzukommen. Es ist ein Verhau: die Tanne, der Schlitten, mein Bruder und alles übrige. Plötzlich werden meine Knie weich: Ich muß an die vielen Stacheldrähte denken, durch die wir gefahren sind. Wenn weniger Schnee gelegen hätte oder es irgendwo ein Loch gegeben hätte, wären wir davon zerfetzt worden – oder geköpft wie Hühner.

Der alte Petitcolin kommt, um zu schauen, was los ist. In seiner dicken braunen Pelzjacke sieht er aus wie eine Kugel, man sieht seine Beine nicht, er schiebt sich voran wie ein Schneepflug.

Er schreit: »Merdel! Was soll der Krach!«

Und dann sieht er uns. Er lacht sich kaputt: »Das ist

das erstemal, daß auf dem Misthaufen eine Tanne wächst...«

»Ich will runter!« brüllt mein Bruder.

»Und sie redet auch noch mit mir!«

Er klettert ein Stück rauf und packt meinen Bruder am Anorak. Er hält ihn hoch wie ein Paket. Er amüsiert sich noch mehr: »Und Gören wachsen auch auf meinem Misthaufen!«

Er verdreht die Augen zum Himmel und tut so, als ob er nachdenken würde. Er runzelt ganz stark die Stirn: »Hier seid ihr falsch, Kinder. Wenn ihr Jesus spielen wollt, dann müßt ihr in den Stall, nicht auf den Misthaufen!«

Er hat meinen Bruder abgesetzt und hilft mir herunter.

Er schiebt uns zum Stall, wo die Tür offensteht. Wir laufen im Licht, das über den Schnee strömt. Wenn wir auf dem Kopf eines Heiligen wären, in seinem goldenen Schein, dann wäre es genauso.

Merdel bereitet uns ein Fest, er springt uns dauernd zwischen den Beinen herum, mit seinem Schwanz wirbelt er überallhin goldenen Schnee, er schleckt meinen Bruder kräftig ab, sie wälzen sich beide am Boden.

Der alte Petitcolin ist auf dem Türstein stehengeblieben, er kratzt sich unter der Mütze den Kopf und sagt: »Der Hund hat euch gern. Schon seit er ganz klein war. Ich hätt ihn euch geschenkt, aber euer Vater, der mag keine Tiere...«

Er zieht die Tür hinter uns zu. Auf einmal sind sämtliche Kühe da. Aufgereiht stehen sie in ihrem warmen Geruch und im Lärm der Melkmaschine, der den Stall ganz ausfüllt. Merdel flitzt los, um nachzusehen, ob keine

Kuh fehlt. Unten zwischen ihren Beinen durch läuft er zurück und hockt sich neben meinen Bruder auf einen Haufen Strohballen.

Die Kühe haben sich nicht gerührt. Von denen weiter hinten sieht man nur den Arsch und die baumelnden Schwänze. Ab und zu legt eine den Kopf über den Rücken ihrer Nachbarin, um zu schauen, wie weit es ist. Sie warten, daß sie zum Melken drankommen, die großen rosa Zitzen tun ihnen weh, sie sind zum Bersten voll. Man sieht, wie das Blut in den dicken blauen Adern pocht. Ihre Euter platzen gleich, dann ist alles voll von ihrer Milch und dem Geruch aus ihren Bäuchen. Die in der Mitte hebt den Schwanz und läßt ihre Fladen fallen. Sie schaut nicht hin, sie hört nicht einmal mit dem Wiederkäuen auf.

Plötzlich ist es so, als dürfte ich nicht dasein, so wie damals, als die Nachbarin von Laclope angefangen hat, vor uns wie selbstverständlich ihr Baby zu stillen, vielleicht hätte sie auch noch zu scheißen angefangen.

Der alte Petitcolin setzt sich neben Marguerite, schiebt seinen Eimer unter ihren Euter. Zwischen seinen Gummistiefeln durch spritzt die Milch in großen, festen Strahlen heraus. Sie prasseln auf das Metall. Marguerite paßt auf. Sie kann die Melkmaschine nicht leiden, wenn man es damit probiert, schlägt sie alles kurz und klein, weil sie die Schläuche herausreißen will. Sie ist die Lieblingskuh meines Bruders. Er ist von seinem Strohballen runtergeklettert, um sie zu streicheln, sie hebt den Kopf, damit er sie am Hals kratzen kann, sie muht, als er unter ihrem Kinn ankommt. Er fängt wieder von vorn an, um zu sehen, ob es immer so geht.

»Ihr trinkt doch einen Schluck, um euch aufzuwärmen?«

Der alte Petitcolin macht eine Pause und taucht einen Meßbecher in die Milch. Er gibt meinem Bruder welche. Der mag das: den Schaum, die seltsame Wärme, den säuerlichen Sahnegeschmack, wie meine Mutter mit leuchtenden Augen sagt. Er trinkt.

Mir kommt davon das Kotzen. Wir müssen heim, sage ich, wir werden Schimpfe kriegen. Mein Bruder wischt sich den Mund, er gibt mir die Hand, an der noch ein Schaumrand ist. Der alte Petitcolin zieht uns die Anorakreißverschlüsse bis zum Hals zu, extra hoch, damit wir lachen. Er meint, so spät ist es gar nicht, die Dunkelheit täuscht im Winter. Wir gehen raus. Die Tanne funkelt im Licht, es ist noch viel Rauhreif dran, Aststückchen und gefrorenes altes Laub sind an ihr hängengeblieben.

»Wo habt ihr die Tanne her? So eine schöne hab ich noch nie gesehen.«

Das sagt der alte Petitcolin, während er um den Schlitten herumgeht.

»Das ist ein Geheimnis meines Bruders«, antworte ich, »er hat bestimmte Kräfte...«

»Wenn ich eine will, so eine wie die, dann komme ich zu ihm. Na ja, ich würd gern noch länger mit euch plaudern, aber ich muß die Marguerite fertig melken....«

Wir gehen über den Hof. Von hier aus können wir unser Haus sehen. Nur zwei Fenster sind hell, und das Auto steht nicht vor der Tür. Mein Vater ist noch nicht heimgekommen. Wir flitzen los. Wir räumen den Schlitten in die Garage, wir stauchen die Tanne auf den Zement, damit Schnee und Eis abfallen, und gehen zum Haus hinüber.

In der Küche öffnet meine Mutter gerade eine Dose Buitoni-Ravioli, meine Lieblingssorte. Sie mischt sie immer unter andere Nudeln, das mag ich nicht so gern, aber allein für sich findet sie sie zu kräftig.

»Ist er noch nicht heimgekommen?« frage ich. »Schau, hast du schon die Tanne gesehen, die wir gefunden haben?«

»Das ist meine!« schreit mein Bruder. »Sie ist für mich gewachsen!«

Er biegt die Zweige auseinander, streicht über die Nadeln, zupft Welkes ab, das hängengeblieben ist. Er schiebt meine Mutter hinein, ihr Rock verhakt sich in den Zweigen.

»Dein Vater ist zwei Tage lang weg, auf einer Baustelle ...«

Meine Mutter biegt die Zweige um sich auseinander, tritt zurück, wird plötzlich ernst: »Diese Tanne hat was ... irgendwas, was Besonderes ...«

»Das ist der König der Weihnachtsbäume! Er hat Zauberkräfte.«

Mein Bruder platzt fast vor Stolz, er wird gleich ein paar Zentimeter größer.

»Ja, man könnte fast meinen, daß er gleich zu reden anfängt ... «

»Und ob er redet, wenn er es will«, sagt er trotzig.

Er reckt das Kinn so hoch, daß er nur noch die Zimmerdecke sehen kann.

»Und am Weihnachtsabend singt er uns ein Lied?« frage ich ihn. »Stille Nacht, heilige Nacht?«

Er ruft um Hilfe: »Mama, er macht sich über meinen Tannenbaum lustig.«

Sie streichelt ihm mit der Hand durchs Haar. »Hört auf, Kinder, streitet euch nicht, stellt den Baum schnell ins Eßzimmer… Seid brav. Ich mache inzwischen das Essen.«

Schon hat sie ihren Besen in der Hand, ich habe gar nicht bemerkt, wie sie ihn nahm. Sie kehrt ein Häufchen aus Nadeln und verfaulten Laubresten zusammen. Ein so kleines Häufchen, daß sie es erfunden haben muß. Sobald sie es in den Mülleimer geworfen hat, geht sie wieder an ihre Ravioli. Sie machen Rülpsgeräusche, als sie aus der Dose rutschen.

Das werden gute. Wir rülpsen um die Wette, mein Bruder und ich, als wir die Tanne ins Eßzimmer schleppen. Ich bin Sieger. Beim Rülpsen fürchte ich niemand, da habe ich mehr Übung als beim Tannensuchen.

Irgendwann werde ich Ravioli pur essen. Zwei Dosen auf einmal, von den großen. Mit nichts vermischt. Ich möchte mal wissen, wie das schmeckt. Aber die heute abend waren eigentlich auch nicht schlecht. Es ist gar nicht mal so übel, wenn man sie unter andere Nudeln mischt – wegen der Überraschung. Man weiß nie, wie viele man hat, man findet welche unter den letzten Nudeln versteckt, man glaubt, es sind keine mehr da, der Haufen ist zu dünn, und dann sind doch noch welche da. Und am Ende bleibt einem die letzte: die läßt man auf der Zunge zergehen, bis der Teig außen weg ist und das Fleischbröckchen rauskommt.

Ich liege hier in meinem Bett und denke an die Ravioli... Mein Vater ist nicht da, und meine Mutter hat meinem Bruder eine Einschlafgeschichte erzählt. Sie hat vorgelesen wie eine Kindergärtnerin, mit der Stimme vom Wolf, der Stimme der Geiß und der von den Geißlein, sie hat alles besonders betont, sogar die Stelle mit der mehligen Pfote unter der Tür. Mein Bruder hat sich allein aufgeführt wie eine ganze Klasse: Er hat vor Schiß große Augen gemacht, vor Schreck geschrien, und es ist für ihn um so schöner ausgegangen. Danach hat meine Mutter ihm einen Kuß gegeben. Zu mir ist sie nicht gekommen. Ich hatte ihr schon lange den Rücken gekehrt.

Der Wolf mit den Geißlein im Bauch, oder später mit

den Steinen an ihrer Stelle, oder wenn er Rotkäppchen und die Großmutter gefressen hat, der ist eine Art Ravioli, wenn man es genau nimmt. Ravioli kann man aus allem möglichen machen. Sogar farbige, wenn man will, mit ganz unterschiedlichem Geschmack. In allen Größen und allen Formen. Auch Federbetten sind eine Art Ravioli. Kopfkissen, Kissen, alles, was mit was anderem gefüllt ist. Schwangere, Särge, Erbsen, das alles sind Ravioli. Sogar wir sind Ravioli, mit all dem, was wir im Bauch haben. Und eine Büchse Sardinen... ist ein Ravioli... Jetzt wird es kompliziert. Denn wenn eine Büchse Sardinen ein Ravioli ist, dann ist auch eine Dose Ravioli ein Ravioli.

Schon seit fünf Minuten stöbert mein Bruder in seiner Ecke, ich lasse ihn, um herauszukriegen, was er treibt, ich habe mich bloß umgedreht, damit ich ihn sehen kann. Aber ich höre ihn nur, das ist alles. Er ist auf. Er geht und schleppt etwas Weiches; es schleift über den Boden. Er öffnet die Tür, schließt sie hinter sich und geht mit dem Schleifgeräusch weg.

Ein echter Blaufuß zeigt nicht, daß er neugierig ist, sage ich mir, als ich an der Zimmertür stehe und die Hand auf die Klinke lege. Also zähle ich bis tausend, und bei fünfzig gehe ich nachsehen, was er anstellt. Ich erwische ihn dabei, wie er sich zum Schlafen unter den Tannenbaum legt. Er hat eine kleine rote Kerze angezündet und sie auf seinen Feuerwehrwagen geklebt, den mit der großen Leiter. Ich gehe zurück, hole meine Bettdecke und mein Kopfkissen und lege mich neben ihn. Er schläft schon, ich weiß nicht einmal, ob er wach war, als er hierhergegangen ist. Die Kerze ist halb abgebrannt. Auf jeder

Kugel, auf jedem Girlandenstückchen, auf jeder Tannennadel leuchtet ein kleiner Lichtfleck und flackert im Rhythmus der Flamme. Ich schließe die Augen, so langsam ich kann. Zwischen meinen Lidern lösche ich die winzigen Spiegelungen, eine nach der anderen, mit jedem Atemzug meines Bruders.

Meine Mutter ist gekommen. Sie schaut nach, ob wir gut zugedeckt sind. Sie sagt nichts. Sie macht die Kerze aus. Sie bleibt im Dunkeln stehen. Sie rührt sich nicht, ich bin nicht mal mehr sicher, ob sie noch da ist.

Mein Vater legt seine Gabel neben seinen Teller. Er richtet sie mehrmals gerade. Er starrt sie wortlos an. Ich frage mich, was ich schon wieder getan habe, aber ich komme nicht drauf. Es ist sowieso zwecklos, danach zu suchen, er findet schneller was, und jedesmal ist es was, woran ich nicht gedacht habe.

Er sagt zu meinem kleinen Bruder, daß er mit seinen Erbsen schnell fertig werden soll, sein Teller sei noch voll. Der Idiot ißt sie Stück für Stück, schneidet sie auseinander; er behauptet, er habe Zwerge im Bauch, denen er kleine Erbsen geben müsse. Mein Vater erwidert, daß ihm das egal sei, er solle aufessen, aber dalli, und zu meiner Mutter sagt er: »Vergiß nicht, bei George die Forellen zu holen. Um die Austern kümmere ich mich, ich krieg eine Kiste voll übers Rathaus.«

»Ich gehe bald hin.«

»Das will ich dir raten. Und nimm ja Bachforellen.«

Meine Mutter wickelt den Camembert aus und schiebt ihn meinem Vater hin: »Es sind bloß noch die Forellen, alles übrige ist fertig. Besser, es ist alles vorher fertig, damit nichts schiefgeht ...«

»Das ist dein Problem, du hast sie eingeladen.«

Ich male mit meinem Brot in der Bratensoße ein Kreuz und einen Kreis darum. Ich sauge den Saft heraus und tunke mein Brot wieder ein. Ich versuche, für den ganzen

Teller dasselbe Stück zu benutzen. Wenn ich es leise mache, dann werde ich nicht erwischt.

Mein Bruder schneidet eine Erbse in vier Teile, für ein Zwergenbaby; er fragt meinen Vater: »Wie machst du im Winter ein Grab? Gräbst du im Schnee?«

»Den Schnee räume ich erst weg, und ich mache ein Feuer auf der Erde, damit sie auftaut, dann grabe ich, wie's mir paßt, und die Sache ist geritzt.«

»Und der Tote, gefriert der danach auch?«

»Iß, anstatt Blödsinn zu reden. Magst du deine Erbsen nicht?«

»Doch, aber ich versteh was nicht.«

»Ach ja, was denn noch?«

»Warum du deine nicht gezählt hast...«

»Was denn gezählt?«

»Die Erbsen...«

Mein Vater schaut mich an. Jetzt bin ich dran: »Was hast du ihm da wieder erzählt?«

Ich verstecke mein Brot in der Hand, es lohnt nicht, einen draufzusetzen. Ich antworte ihm, daß ich keine Ahnung habe.

Er glaubt mir nicht. Er fragt meinen Bruder: »Und?«

»Diesel war's, er hat gesagt, daß du ein Erbsenzähler bist.«

»Ach, das ist ja was ganz Neues! Und wie kommt er darauf?«

Mein Vater schaut mich wieder an, jetzt läßt er mich nicht mehr in Ruhe. Meine Mutter sagt, daß ich nicht schuld bin, sondern der kleine Mongeot. Er antwortet, daß sie sich um ihre Angelegenheiten kümmern soll; zu mir sagt er: »Was ist das wieder für ein Blödsinn?«

»Es war Diesel, er hat gesagt: Dein Vater, der alte Erbsenzähler.«

Ich habe beim Antworten nur auf das Kreuz in meinem Teller geschaut.

»Da hörst du's«, sagt mein Bruder.

»Und was soll das heißen?«

Da, ich bin verratzt, da komme ich nicht mehr raus.

»Es ist bloß so 'ne Redensart«, sage ich, »das hat nichts zu bedeuten.«

Er hat unter dem Tisch meinen Oberschenkel gepackt und zwickt mich, indem er die Haut verdreht, immer stärker. Er fragt mich: »Sag das noch mal: Was bin ich?«

»Ich war's nicht, Diesel war's...«

»Das ist egal, er ist dein Freund, und er heißt Mongeot, dein Freund Mongeot – und nicht Diesel. Und ich hab dir schon hundertmal gesagt, du sollst deinem kleinen Bruder keinen Blödsinn beibringen...«

Er zwickt mich fester, er lächelt: »Also, was bin ich?«

Ich schweige.

Er zwickt mich mit aller Kraft. Mir kommen die Tränen. Wenn ich weine, macht er mich fertig.

Es klingelt an der Haustür. Er verdreht meine Haut noch ein Stück weiter, läßt mich los und sagt: »Schau nach, wer da ist.«

Ich stehe auf. Meine Mutter fragt, wer das sein kann, wir erwarten niemand.

Mein Vater zeigt auf den Gang: »Na, mach schon!«

Ich flitze los und öffne die Tür. Draußen steht ein Teppichhändler. Er hat eine Menge Ware auf der Schulter, über seinem Gewand, das bis zum Boden hängt.

Ich habe noch nicht fertig gesagt, daß es ein Teppichhändler ist, da ist mein Vater schon da. Er schleudert mich an die Wand, drückt die Tür gegen mich: »Was willst du, mein Freund?«

»Ich habe gute Teppiche, ganz billig...«

Mein Vater lacht, ich höre nur die Stimmen, er quetscht mich zwischen Tür und Wand. Er stemmt seinen Fuß gegen die Tür.

»Eine Ratte will mir einen Teppich verkaufen!«

»Ganz billig, schauen, gewebt von Frauen in der Wüste... Im Zelt...«

»Dein Teppich ist auf der Maschine gemacht, der ist keinen Pfennig wert.«

»Schau hinten, handgewebt von Mädchen...«

»Du machst dich wohl lustig über mich, du bist bloß ein Scheißaraber, du willst mir mein Geld klauen und es den Terroristen geben.«

Bei jedem Satz rüttelt mein Vater an der Tür und quetscht mich ein bißchen mehr ein. Er hat seinen Fuß weggenommen, aber ich kann nicht verduften, ich kann mich keinen Millimeter bewegen.

»Du willst einen anderen, schau den, die Farben...«

»Die Farben... Ich schlag dir deine dreckige Fresse ein, dann hast du deine Farben... Ich färb sie dir rot, deine Drecksteppiche...«

»Ja, ja, wenn du kleinere willst, gibt es kleinere...«

Mein Vater fängt an zu brüllen, die Klinke fährt mir in den Bauch, ich schreie ebenfalls, aber danach werde ich noch mehr zermanscht.

»Hast du eine Rasierklinge dabei? Ihr habt alle welche! Willst du mich hinterrücks aufschlitzen? Glaubst wohl, du bist in deinem Kaffernland?«

»Es gibt keine Rasierklinge, gibt's gar nix ...«

Mein Vater stößt einen Schrei aus, wie wenn er Holz hackt, er knallt die Tür mit voller Wucht zu, er brüllt dem Mann nach, er solle in sein Kaff zurück.

Er wischt sich die Hand an seinem Taschentuch ab, er hat Blut an den Knöcheln. Er packt mich am Pullover und schubst mich in die Küche. Er schreit: »Was treibst du da? Lauschst an den Türen?«

Er setzt sich wieder vor seinen Teller, richtet seine Gabel wieder ganz gerade.

»Der Kerl ist ganz schön frech ...«

Er schneidet sich ein Stück Camembert ab, spießt es auf sein Messer, hält es vor sich hoch und spottet: »Da bauen wir ihnen ihr Land auf, geben ihnen alles, und sie scheißen auf uns. Kommen sogar zu Weihnachten, um uns die Kehle aufzuschlitzen ...«

»Das stimmt nicht«, sage ich zu ihm, »in Algerien sind die Franzosen die Deutschen der Araber.«

Mein Vater steht auf und donnert mir seine Faust ins Gesicht. Ich sehe nichts mehr.

»**Komm, wir** bringen ihn ein bißchen zum Wachsen...«

Mein Großvater packt mich am Pimmel und drückt mich an sich. Er ist gerade gekommen und begrüßt mich. Ich sage nein, aber er ist taub. Das ist mir durch und durch gegangen, und in der Mitte zuckt mein Pimmel in seinen Händen.

»Hab keine Angst, laß mich machen...«

Er hat meinen Schwanz von mir gelöst. Der fängt an zu machen, was er will. Das bin nicht ich. Das ist nicht meiner. Ich will nicht. Ich sage es ihm.

Er zieht daran. Er schiebt die Vorhaut zurück. Es ist, wie wenn man einen Pulloverärmel hochschiebt.

»Na siehst du, es gefällt dir...«

»Ich will nicht, auf keinen Fall.«

Er läßt mich los. Irène und Robert sind wieder da, die Schwester meiner Mutter und ihr Mann, der im Lager war. Sie haben ihr Gepäck ins Hotel zur pissenden Tanne gebracht.

Meine Mutter nimmt ihnen die Mäntel ab: »Wir haben Glück, weiße Weihnachten, wo wir endlich einmal alle beieinander sind. Die ganze Familie, ist ja doch recht selten...«

»Ein Glück, daß sie gestern die Fernstraße geräumt haben, sonst wären wir nicht durchgekommen.«

Robert schaut durchs Wohnzimmerfenster auf die Straße hinaus und redet weiter: »Wir sind ganz schön gerutscht, einer auf den anderen drauf, bei dem Glatteis.«

»Du brauchst dich nicht umzuziehen«, sagt Irène und legt meiner Mutter eine Hand auf den Arm, »du hast nicht einen Knick in deinem Wollkleid, hast du's selbst gestrickt?«

»Nein, das hab ich bei Rodier erstanden, im Schlußverkauf, eine einmalige Gelegenheit.«

»Der Raglanschnitt steht dir gut. Und er macht dich schlanker...«

Mein Vater lacht los: »Na hör mal, in dem Ding hat sie Schultern wie 'ne Weinflasche!«

Robert dreht sich um: »Apropos, Schwager, gibt's einen Aperitif?«

Am anderen Ende des Zimmers kommt mein Bruder zu mir: »Hat er dir deine fünf Francs zu Weihnachten wieder wegnehmen wollen?«

»Wer?«

»Opa. Er hat die Hand in deine Tasche gesteckt, und du hast gesagt, ich will nicht.«

»Er hat sie nicht gekriegt.«

»Geschenkt ist geschenkt. Er hat kein Recht, dir das Geld wieder wegzunehmen, das er dir zu Weihnachten schenkt.«

»Sein Geld kann er sich an den Hut stecken.«

»Kinder, helft mir beim Tischdecken.«

»Schenk uns erst was ein, Blanche.«

Meine Mutter hält uns das Tischtuch hin. Sie streicht ihr Kleid glatt und betrachtet dabei den Tannenbaum.

Sie sagt ihm, es ist doch Weihnachten, und geht die Flaschen holen.

Mein Bruder und ich breiten das Tischtuch aus. Es wurde im Quadrat gebügelt. Mit linken und rechten Falten. Mit dem Geschirr passen wir auf, es ist das Limoges, das Feiertagsservice mit einem schmalen Streifen aus blassen Blümchen und goldenen Verzierungen um den Rand. Wie das Raumschiff von Jesus, aber nicht so schön, nicht so strahlend.

Draußen wird laut gehupt. Die beiden anderen kommen, die letzten. Mein Bruder stellt die Kristallgläser auf ihre großen grünen Füße. Er kommt zu mir ans Fenster. »Wer sind die?«

»Deine Patin und Onkel Georges.«

»Sind sie nicht, das ist nicht ihr Auto.«

»Sie haben ein neues.«

»Schon wieder?«

»Sie haben 'ne Menge Kohle.«

»Warum geben sie dann Papa nichts davon, Simone ist doch seine Schwester, oder?«

»Sie mögen sich nicht.«

Mein Bruder starrt den nagelneuen Citroën DS an. Der Wagen senkt sich langsam nach unten über die Räder. Über der Kühlerhaube weht ein bißchen Dampf davon. Das ist das Motorengeräusch: Man hört es zwar nicht mehr, aber man sieht es noch ein bißchen.

Ich betrachte das Profil meiner Tante hinter der Türscheibe. Sie rührt sich nicht. Es sieht so aus, als ob sie Anlauf nehmen würde. Sie hat eine schwarze Dauerwelle und trägt Lippenstift. Mein Bruder wickelt sich in den Vorhang und fragt, warum mein Vater seine Patin nicht leiden kann. Ich hebe den Vorhang hoch.

»Er sagt, daß sie im Krieg Juden gefressen hat.«

»Was ist das: Juden?«

»Das waren Leute. Solche kannst du nicht mehr sehen, es gibt keine mehr. Die Deutschen haben sie alle umgebracht.«

»Also weiß nur sie noch, wie sie schmecken?«

Ich lasse den Vorhang los. Jetzt sieht man nur noch seine Füße. Ich gehe nach draußen, um sie zu begrüßen. Er ist fünf Jahre jünger als ich und weiß nichts. Er ist so doof wie seine Füße. Juden habe ich schon mal in der Schule gesehen, in einem Film, echte Kriegsbilder. Eine Leiche, die in ein Loch rutscht, so abgemagert, daß man nicht absolut sicher sein kann, ob es ein Mann oder eine Frau ist. Eins davon muß es ja sein, denn beides gleichzeitig geht nicht. Das Ding ist zu dünn, zu steif. Zu zerbrechlich. Und plötzlich knickt es ein. Durch die Schwerkraft beim Hinunterrollen und die Erde, an der es kleben bleibt. Es knickt an den Knien ein, an den Ellenbogen. Und da wird wieder ein Mensch draus. Davon wird einem im Kopf ganz leer.

Die im Auto haben sich nicht gerührt, sie nehmen richtig Anlauf. Mein Vater öffnet seiner Schwester den Schlag. Sie macht einen Knick in ihren Lippenstift und schaut aus ihrem Pelzmantel raus. Mein Vater macht die übrigen Türen auf, den Kofferraum, er hebt die Kühlerhaube an.

»Mensch, ist das ein Motor! Wenn ich den seh, krieg ich Lust aufs Bumsen. Laß ihn an, Georges! Simone, die Weiber warten in der Küche auf dich. Drück auf die

Tube, Georges, fester... Mensch, der hat Rasse! Hercule, beweg dich, bring das Gepäck rein. Mach schon, du versperrst mir den Blick. Kitzle ihn so richtig, Georges, nur zu, hörst du ihn singen? Kraule ihn schön...«

Mit einem Koffer in jeder Hand gehe ich Richtung Eingang.

Mein Vater stellt sein Glas in den Schnee und reißt Onkel Georges aus seinem Wagen. Er setzt sich auf seinen Platz, umklammert das Steuer und brüllt: »Na los, Mensch, zeig, was du kannst, verflucht noch mal, schau nur, was der unter der Haube hat...«

Er läßt den Motor aufheulen, der ganze Wagen erzittert. Er knirscht überall. Gleich fliegt er auseinander. Onkel Georges sieht aus, als ob er wachsen würde, wie er da in seinem grauen Mantel im Schnee steht. Seine Augen glänzen, er lächelt erstaunt. Mein Vater läßt den Motor höllisch aufheulen und schaltet ihn dann aus. Onkel Georges läßt Luft ab und fällt wieder in seinem Mantel zusammen. Mein Vater streichelt über das Lenkrad und drückt sich gegen die Rückenlehne: »Jetzt hab ich ihm mindestens zehn Liter zum Saufen gegeben.«

Robert ist in seinem Sessel vor dem Wohnzimmertisch sitzen geblieben. Er klopft mit seinem Siegelring an die Flaschen, den Blick ins Leere gerichtet. Seine nach hinten gekämmten Haare sind voller Brillantine. Zwischen den ganz geraden Strähnen schimmern Haut und Schweißtropfen durch. Er hat schon immer durch seine Haare geschwitzt, das hat mir von jeher Angst eingejagt. Das hängt mit dem zusammen, was meine Mutter immer sagt: Er war im KZ, man muß ihn verstehen, es ist ein Wunder, daß er noch lebt, er ist aus den Todeslagern zurückgekommen.

Das Wunder sind seine merkwürdigen glänzenden Haare: Sie sind gerade hinfrisiert und lassen lange Streifen rosa Haut durchscheinen. Im KZ gewesen zu sein bedeutet das Gegenteil davon, es heißt, daß man aus der Bahn geworfen wurde, daß man nicht an seinem Platz ist. Seine Haare sind der Beweis dafür, daß er nicht hiersein sollte.

Er sagt: »Aperitif Nummer zwei ...«

Er klopft mit seinem Siegelring an die Wasserkaraffe und an die Schale mit Eiswürfeln, die meine Mutter gerade frisch aufgefüllt hat. Sie will auch die Gläser wechseln, so viel Getue, nur weil alle da sind.

Robert hält sein Glas mit beiden Händen fest. »Ich

behalte meins... Mach dir keine Umstände, Blanche, außerdem bin ich noch nicht fertig...«

Mein Vater schenkt ihm nach: »Mit dem Trinken wirst du nie fertig. Noch einen kleinen drauf, damit das Maß auch stimmt...«

Robert schwenkt den Eiswürfel in seinem Glas. Der Eiswürfel ist er. Er wird ganz leise kleiner.

»Man wird mit nichts fertig, und nachher ist es nie so wie vorher...«

»Ein Glas bleibt immer ein Glas...«

»Nachher, das bleibt immer nachher...«

Das sagt er zu niemand, als würden die Worte nicht uns gelten.

Auch Georges und mein Großvater setzen sich, meine Mutter ist wieder in die Küche gegangen, zu meinen Tanten. Jetzt sind nur noch die Männer da. Wenn ich eine Granate hätte, könnte ich sie alle auf einen Schlag kaltmachen. Aber ich habe keine auf Lager, bloß das Pulver aus den Knallern, das ich herausnehme, um meine Raketen zu laden.

Mein Bruder und ich trinken nichts. Wir mopsen Erdnüsse. Mein Vater holt die Pastisflasche.

»Na, alter Herr... Noch einen Schluck obendrauf? Und du, Georges, das gleiche noch mal?«

Sie halten ihre Gläser hin. Mein Großvater knirscht mit seinem Gebiß, Georges fragt: »Ist das immer noch dein Spezialtrunk?«

»Bei mir trinkt keiner einen Pastis, den ich nicht selbst gebrannt habe. Schaut euch die Farbe an, da ist nichts Chemisches drin, alles echt und Haushaltsalkohol.«

Mein Großvater sagt, es schmeckt gut, aber er sieht so aus, als würde er überlegen, ob es ihm nicht sein Scheißgebiß zerfrißt. Er ist ganz um sein Gebiß herumgebaut. Wenn man es ihm wegnimmt, fällt sein Kopf über seinem Kinn zusammen, er zerfließt in seiner alten Haut, die wie dreckige Wäsche ist.

Georges schenkt sich nach, mein Vater auch. Es hat wieder angefangen zu schneien. Sie reden alle. Sie reden wie der Schnee, der durcheinanderwirbelt und das Fenster vernebelt. Sie vermischen ihre Sprechgeräusche mit dem Himmelsgrau. Die neue Straße ist besser, sie hat weniger Kurven… Die Autos sind nicht mehr, was sie mal waren, sie sind zwar gut, aber nicht mehr, was sie mal waren… Man muß weiter außen rum fahren, alles in allem fährt man mehr Kilometer… Jedenfalls ist sie als einzige freigeräumt… So viel Schnee hat es an Weihnachten schon lange nicht mehr gegeben… Sogar die Japaner mischen mit… Später mal wird man überallhin Autobahnen haben wie die Amerikaner… Schaut euch die Karren doch an, die sind aus Pappe… Auch die Deutschen haben vor dem Krieg schon welche gehabt…

Auf dem Tisch glimmt mitten unter ihnen eine schlecht ausgedrückte Zigarette im Aschenbecher weiter. Ihr Rauch steigt senkrecht hoch, wie eine Säule mitten im Wohnzimmer.

Und die neue Karre, der neue Renault 4, habt ihr den gesehen, ein Transporter wie für Zwerge… Der verkauft sich nie im Leben…

Mein Bruder zählt Erdnüsse. Er ißt immer vier auf einmal, er behauptet, so würden sie anders schmecken.

Der Rauch bildet einen blauen Baum, verharrt reglos an der Decke.

Der Vorderradantrieb hat den Krieg überstanden und läuft immer noch...

Ich gehe ans Fenster, davon geht der Rauchbaum kaputt... Draußen bewegt sich ein kleiner Farbfleck auf der Straße; er wird von den Flocken halb aufgefressen. Er verschwindet und taucht wieder auf. Ich kann nicht feststellen, ob er näher kommt oder sich entfernt.

Autos sind überholt, in zwanzig Jahren gibt's überall Hubschrauber... Das ist doch alles Blödsinn, mit den Autos geht's erst richtig los, in zwanzig Jahren sind das fahrbare Wohnzimmer, die fahren ganz allein, wohin man will...

Der kleine Farbfleck nähert sich wieder. Es ist der Teppichhändler von gestern. Er bleibt stehen.

Die krachen dann noch genauso gegen die Bäume wie heute, deine Autos... An den Straßen gibt's dann keine Bäume mehr, die sind dann aus Plastik, die begießen die Straße im Sommer und heizen sie im Winter, und sie sind weich, falls man reinfährt...

Der Teppichhändler macht einen Satz, er klettert auf die Schneemauer an der Straße. Oben wackelt er einen Augenblick und springt dann auf die Wiese, er sinkt bis zum Hals ein. Er marschiert im tiefen Schnee los. Er läuft zum Wald hinauf.

In zwanzig Jahren ist gar nichts anders, sogar wenn nichts mehr gleich ist... Und vielleicht sind wir gar nicht mehr da, um deine Hubschrauber zu sehen... Ein Land, das keine eigenen Autos hat, ist wie eine Frau ohne Titten...

Der Teppichhändler läuft am Wald entlang, er hat die Straße verlassen, damit er nicht an unserem Haus vorbeigehen muß. Er wird wieder zu einem kleinen Farbfleck. Er taucht auf, verschwindet. Er hüpft zwischen den Bäumen. Er löst sich im Schnee auf.

Meine Mutter teilt uns unsere Plätze zu: »Die Kinder setzen sich ans Tischende, die halten nicht durch. So ein großes Essen dauert zu lange für sie, die haben nicht soviel Geduld wie wir, um bis zum Ende dabeizubleiben, vor allem der Kleine …«

Sie schubst meinen Bruder. »Und eure Tanten sitzen links und rechts neben euch, da habt ihr's gut … Ihr anderen setzt euch, wie ihr wollt, unter uns machen wir kein Aufhebens.«

Mein Vater hat sich in die Mitte gesetzt, er ist weit weg, mein Großvater ebenfalls, mit seinem Gebiß, das überall hinspritzt. Mein Vater und die Onkel haben die Austern in der Garage aufgemacht, damit nicht alles schmutzig wird. Sie haben die Gelegenheit genutzt, um sich sofort auf den weißen Elsässer zu stürzen. Sie machen ein Getue wegen der Sitzordnung am Tisch.

Der Großvater will nicht von der Stelle, er sitzt an einem Ende des Tisches und wir mit den Tanten am anderen. Tja, dann ist nicht dran zu rütteln, sagt Georges. Er sitzt meinem Vater gegenüber.

Das scheint ihm nicht zu passen. Mein Vater lacht. Simone ist angezogen wie ein vollgestopfter Laden, ihr Busen ist wie ein Schaufenster. Sie wollte nicht neben meinem Vater sitzen, aber er hat sie zum Hinsetzen gezwungen, sie wabert noch immer in ihrem Kleid mit den großen Blumen. Es ist so, wie wenn man einen Kieselstein ins Wasser wirft. Sie tut so, als ob sie nichts dagegen hätte und es nur ein Witz gewesen wäre, aber man sieht gleich, daß das nicht stimmt, wie bei Georges. Die beiden könnten nie Blaufußindianer werden. Sie können sich nicht verstellen.

Mein Bruder verstellt sich auch nicht, er sagt, daß er nicht neben Simone sitzen will.

»Na so was, mein Liebling«, sagt sie zu ihm, »magst du deine Patin nicht?«

»Nein«, antwortet er ihr.

»Warum denn, mein Herz?«

Sie schlingt ihre weichen Arme und ihren wackelnden Busen um meinen Bruder.

Er stößt sie mit dem Gabelrücken weg. »Weil eben.«

»Weil eben was, mein Schatz?«

»Weil eben.« Er schiebt seine Gabel zwischen sie beide.

Sie fällt wieder auf ihren Stuhl zurück, rutscht hin und her und faltet ihre Serviette auf.

Alle lachen. Sie auch. Sie hat nicht gleich mitgemacht, aber sie lacht trotzdem. Mein Großvater hat gesagt: Mit den Kindern, mit denen macht man heutzutage nicht, was man will. Da haben alle gegrölt.

Ich habe Irène neben mir. Sie ist immer nett zu uns. Meine Mutter sagt, das kommt daher, daß sie keine Kinder hat und wir dafür ein bißchen wie ihre eigenen sind. Das glaube ich nicht, sie ist anders nett als Simone, und die hat auch keine Kinder. Ihre Haut und ihre Stimme sind nicht wie Fliegenpapier, sie klebt nicht an uns. Irène ist von innen heraus nett.

Meine Mutter setzt sich, sie hat sich vergewissert, daß alles auf dem Tisch steht. Sie zieht am Tischtuch, um eine Falte wegzubekommen. Sie sagt, wir sollen uns an die Austern machen, sonst wird es für die Forellen zu spät, und sie brennen an. Für uns gibt es Krevetten, falls wir keine Austern mögen oder nicht viel davon.

Mein Bruder mag sie nicht, er probiert sie nicht mal. Laclope hat ihm erzählt, daß sie wie lebendige Spuckebatzen sind und daß man deswegen zu den Taschentüchern auch Austernwiesen sagt. Dann hat er ausgespuckt, um ihm zu zeigen, daß er keinen Blödsinn macht.

Mein Bruder schaut auf meinen Teller, ich habe sechs Stück, und ich muß sie alle essen. Mein Vater hat erst einmal allen sechs Stück mit seinen dreckigen Fingern gegeben. Seine Miene duldet keinen Widerspruch.

Sie haben sich ihre Servietten umgebunden wie Lätzchen, weil es tropft, sie lachen, sie sagen, daß die Austern gut und frisch schmecken, aber das ist ja auch normal, sie sind ja auch frisch, sie heben die Ellenbogen ganz hoch, um sie zu schlürfen, sie reichen die Zitronen herum, damit die Austern zappeln, und auch den Elsässer, der paßt gut dazu.

Jedesmal, wenn sie eine verschlingen, machen sie ein Rotzgeräusch, sie schneuzen sich rückwärts.

Ich hab's nicht geschafft, die erste runterzuschlucken. Ich hab sie im Mund behalten, und die nächsten drei auch. Zwei in jeder Backe und dazu die zwei, die noch übrig sind. Das wird knifflig.

Mein Bruder hat seine Krevetten in meine leeren Schalen gefüllt, er hat seinen Teller sternförmig geschmückt und angefangen, seine Tierchen einzeln zu essen. Die anderen sind fast fertig, sie vergleichen die Schalenhaufen auf ihren Tellern, ihre Servietten sind voller Flecken und Perlmuttsplitter, keiner hat mitgezählt, es hat jedenfalls mehr Dutzend Austern gegeben als Personen, und die Kinder haben weniger gehabt. Mein Vater schaut auf meinen leeren Teller, auf meine Schalen auf dem anderen Teller, auf die Krevetten, die mein Bruder gemächlich in seinen Mund schiebt. Er sucht, wo es haken könnte. Als ich aufstehe, lächelt er: »Wo gehst du hin?«

»Pipi machen.«

»Komm her.«

Er dreht sich kaum um und reibt sich im Geist die Hände.

Ich gehe um den Tisch herum, aber nicht zu nah hin.

»Mach den Mund auf.«

Ich mache den Mund auf, er sieht, daß nichts drin ist, er schaut auf meine Hände: auch nichts.

»Du kannst gehen, geh pissen, in deinem Alter geht man pissen, nicht mehr Pipi machen.«

Georges sagt: »Stimmt, daran erkennt man, daß man ein Mann ist, wenn man pissen geht.« Meine Mutter sagt: »Laßt ihn, immer mit der Ruhe, er hat noch Zeit… Eßt die Austern auf, es sind nur noch zwei da, die aufzuheben lohnt nicht.«

Im Klo hole ich die Austern aus meiner Hosentasche und werfe sie in die Schüssel. Ich spüle und warte, bis der Strudel sie alle weggeschwemmt hat.

Als ich zurückkomme, machen sie gerade die vierte Flasche auf.

»Wir bleiben beim Weißen zum Fisch, das ist ein guter, da könnt ihr sagen, was ihr wollt…«

Mein Vater beugt sich über den Tisch, stützt sich mit einer Hand auf und schenkt allen ein.

»Ein Wein wie der, der steigt einem nicht zu Kopf, der liebkost das Hirn. Außerdem ist Weihnachten, wir werden uns doch an so einem Tag was gönnen … Und so was Gutes kriegen die Scheißdeutschen nie …«

»Und unser großer Charles auch nicht«, antwortet Georges, »bei den Steuern, die er uns derzeit abzieht … Der kriegt den Hals nicht voll, der Kerl; bloß weil er Frankreich gerettet hat, glaubt er, daß er uns in die Taschen greifen kann.«

»Als ob du allein ganz Frankreich wärst«, gibt ihm mein Vater zurück und lacht sich krumm. »Unter uns, zum Glück bist du's nicht, Frankreich, meine ich, weil er dich sonst aufs Kreuz legt, und zwar so richtig!«

Den großen Charles habe ich schon in Wirklichkeit gesehen. Er ist groß, alt und eklig. Er ist einmal hier durchgefahren, Lalumière hat uns zum Kreisverkehr an der Fernstraße geführt, zusammen mit der ganzen Schule. Ich war wirklich noch ganz klein. Als ich an dem Tag in die Schule kam, wußte ich nicht mal, daß wir ihn uns anschauen gehen würden, und auch nicht, daß de Gaulle und der große Charles ein und derselbe sind. Wie der letzte Idiot habe ich geglaubt, es sind zwei verschiedene.

Lalumière hat uns auf dem Hof alles erklärt, bevor wir losgegangen sind: Wie er ganz allein den Krieg gegen die Deutschen fortgesetzt hat, was wir schreien sollten, sobald er vorbeifahren würde, wo wir uns hinstellen und Beifall klatschen sollten, und dann hat er uns kleine Fähnchen gegeben. Wir wären vor Hitze beinahe kaputtgegangen, so lange ist der de Gaulle nicht gekommen, und Lalumière hat nicht erlaubt, daß wir uns von der Stelle rühren oder daß wir uns hinsetzen. Er hat uns zum Schluß ununterbrochen Ohrfeigen verpaßt.

Als de Gaulle gekommen ist, haben wir geschrien: DE GAULLE LEBE HOCH!

Das Citroën-Coupé hielt an, er stand drin, nur Segel haben ihm noch gefehlt, so steif wie ein Schiffsmast war er. Er stieg aus und hat Hände geschüttelt, er hat geschwitzt, und die Farbe auf seiner Haut ist ihm mit dem Schweiß heruntergelaufen. Er hat mir die Hand gedrückt und gesagt: Guten Tag, mein Junge, er hat sich gebückt, und ich habe gesehen, daß er Farbe im Gesicht hatte, hautfarbene Farbe, aber schlecht aufgetragen, überall gleich.

Der tut nur so, hat Laclope zu mir gesagt, der ist falsch! Das hat mich umgehauen. Ich wollte mir die Hand waschen, ich habe mich gefragt, wo der echte ist. Das wußte Laclope auch nicht, in einem anderen Auto vielleicht, weiter hinten, vielleicht schläft er, während der da ihn nachgemacht hat. Wir waren so klein und dämlich wie Ameisen, aber wir haben uns nicht drankriegen lassen.

Während Laclope und ich die Sache noch besprochen haben, sind sie weitergefahren, und wir konnten nicht sehen, in welchem Wagen er geschlafen hat.

Ich höre wieder auf ihr Geblök. Mein Bruder greint, er will den nächsten Gang... Simone und Irène sagen, daß sie meiner Mutter helfen wollen... Und mein Vater spielt den Dirigenten, er begleitet Georges, der ununterbrochen wiederholt, daß nach den Austern die Forellen kommen.

Er ist rot wie ein Aperitif. Mein Vater auch. Die beiden

sind schon ganz schön beschwipst. Oberhalb von ihren Servietten und ihren weißen Hemden sehen sie aus wie angezündete Knallfrösche. Die Ärmel haben sie hochgekrempelt.

Georges klopft mit der Fingerspitze aufs Tischtuch: »Nur hier werden noch echte Bachforellen gegessen. Keine beschissenen Zuchtforellen, die nach nichts schmecken.«

Er hebt seinen Teller hoch und balanciert ihn langsam vor sich, er macht ein Gesicht wie der Pfarrer, der in seiner großen Hostie Jesus sieht.

Er stellt seinen Teller wieder hin: »Die Forelle zeichnet sich erst mal durch ihr Kleid aus, den Regenbogen, ein anderes gilt nicht. Und dadurch, wie fein ihr Fleisch ist... Da lasse ich mich nicht hinters Licht führen. Sogar mit geschlossenen Augen erkenne ich es.«

Meine Mutter lädt die letzten leeren Schalen auf die große Edelstahlplatte, von der das Austernwasser schwappt. Sie schaut meinen lachenden Vater an.

Der Onkel beugt sich über seinen Teller und hebt den Kopf: »Allein beim Hinschauen erkenne ich, ob's eine echte ist!«

Er rutscht auf seinem Stuhl herum und neigt wieder den Kopf, die Nase in seiner Forelle. Gleich hebt er ab, stellt sich auf seine Nasenflügel. Er schließt die Augen, er weiß sogar, woher sie kommen, von Georgel am Ende der Straße.

Mein Bruder fängt an, die kleinen Bröselzwerge zu essen, die er sich inzwischen gebastelt hat. Ich habe ebenfalls die Nase voll. Ich habe bis jetzt nichts gegessen, und der Kerl läßt sich weiter über seine Forellen aus: »Als ich

Koch bei General Montalenvers war, habe ich immer Bachforellen auf den Tisch gebracht. Sogar mitten im Krieg habe ich das geschafft. Bei Forellen bin ich unschlagbar.«

»Na gut, das kannst du uns gleich beweisen...«

Mein Vater schiebt meinem Onkel die Platte hin. »Georgel am Ende der Straße hat noch sechs Bachforellen übrig gehabt, Blanche hat sechs Zuchtforellen dazugekauft.«

Georges betrachtet die Fischplatte. Die Forellen sind durch eine Reihe Zitronenscheiben getrennt. Eine Reihe mit fünf, eine mit sechs Stück.

»Also, was für eine hast du auf deinem Teller?«

»Das sag ich euch in Null komma nichts, das ist überhaupt kein Problem.«

Mein Vater legt ihm eine Forelle aus der zweiten Reihe auf den Teller. »Da, ich bin nicht gemein, du darfst sie sogar vergleichen...«

Simone spielt sich auf: »Mein Georges schafft das mit geschlossenen Augen. Wie er gesagt hat: Als er Koch war, ist ihm der ganze Generalstab hinterhergelaufen, um an seinem Tisch sitzen zu dürfen!«

Mein Vater glättet seine Serviette über seinem Bauch. »Das stimmt, Simone, aber das war bei Kriegsbeginn. Der ganze Generalstab ist deinem Georges hinterhergelaufen, und der lief schneller als die Deutschen. Die Vorspeisen in Nancy, den Nachtisch in Bordeaux!«

»Hector, du übertreibst, Georges ist nicht daran schuld, daß wir den Krieg verloren haben...«

»Nein, es sind die Bachforellen... Die sind zu schnell... Ein paar laufen immer noch...«

»Wollen wir uns nicht lieber um die auf dem Tisch kümmern?«

Irène legt Georges ihre Hand auf die Schulter. »Na, Georges, welche ist welche?«

Georges zögert nicht, er läuft von Kopf bis Fuß rot an, er streckt seine Gabel aus: »Die hier in der linken Reihe, das sind die echten, die anderen sind Zuchtforellen. Ich probiere sie nicht mal, das sieht man mit bloßem Auge...«

»Blanche, was für welche sind in der linken Reihe?«

Meine Mutter zuckt zusammen. Sie wollte gerade die Forellen servieren und regt sich nun nicht mehr.

Mein Vater läßt nicht locker: »Also, sag schon, Herrgott, was für welche?«

»Die Zuchtforellen...«

Georges läßt die Hand sinken, mein Vater lacht sich krumm: »Du hast dich in der Reihe vertan, Georges... Hast dich wieder für die falsche Seite entschieden...«

»Was redest du da? Ihr habt euch vertan... Ich kann mich gar nicht täuschen, außerdem probiere ich sie jetzt... Da, schau, ich habe recht, das ist die Wildforelle...«

Mein Vater antwortet nicht gleich, er zögert die Sache hinaus. Er lächelt und überführt Georges: »Laß den Blödsinn, ich hab den Zuchtforellen den Schwanz abgeschnitten... Siehst du... Das mit den Reihen war bloß ein Trick, du hast zwei Zuchtforellen auf deinem Teller...«

»Das stimmt nicht, ich hab doch einen Gaumen, ich weiß, wovon ich rede... Das ist eine richtige... Ich lasse mich nicht reinlegen!«

»Du hast vielleicht einen Gaumen, aber vor allem hast du eine große Klappe...«

Georges wird ganz blaß. Er murmelt in seine Serviette: »Die große Klappe sagt dir, daß du keine Ahnung hast!«

Simone beugt sich zu Georges hinüber: »Georges, er hat dich auf den Arm genommen, das hat alles nichts zu sagen...«

»Du bist genauso wie dein Bruder, du hast immer recht, aber so geht man nicht um mit den Leuten...«

Irène sagt, daß das Essen gleich kalt wird und es schade darum wäre. Sie hält ihren Teller meiner Mutter hin, die immer noch steht. Robert macht die Flasche leer.

Meine Mutter teilt die übrigen Forellen aus, erst die mit den Schwänzen für die Gäste. Als sie zu meinem Bruder kommt, zieht der seinen Teller plötzlich weg, seine Forelle fällt auf den Tisch.

»Warum kriege ich keine richtige?«

»Aber die sind doch gleich... Die hier ist auch sehr gut...«

»Ja, aber es ist keine richtige!«

»Doch, doch, komm schon...«

»So eine will ich nicht!«

Er legt seinen Teller umgedreht auf die Forelle. Er verschränkt die Arme und setzt seinen Dickschädel auf.

Bevor mein Vater sich rühren kann, ist der Großvater aufgestanden. Steif steht er in seinem grauen Anzug da, beide Hände auf den Tisch gestützt: »Wie kannst du es wagen, so mit deiner Mutter zu sprechen?«

Mein Bruder schaut ihn an, als ob er sagen wollte: Was hat der sich einzumischen?

»Wegnehmen heißt stehlen.«

»Wie bitte?«

»Verbrecher!«

Mein Großvater setzt sich wieder hin, er kapiert nichts. Die anderen auch nicht. Zu meiner Mutter sagt er: Meine arme Blanche. Mein Vater sagt: Achille, halt den Schnabel.

Meine Mutter dreht den Teller und die Forelle um, sie überlegt und nimmt sie für sich. Laut denkt sie: Eine Forelle bleibt eine Forelle... Als sie sitzt, sticht sie mit ihrer Gabel in den Rest Schwanz und fährt mit dem Messer am Rückgrat entlang. Sie sagt: »Ein Stück Schwanz mehr oder weniger, was macht das schon?«

»'42 war das ein Riesenunterschied...« Das war Robert.

»Es gibt eine Stelle, wo es keinen Unterschied macht, was, Simone?«

Das sagt mein Vater, während er ihr Wein einschenkt, mit dem Bart ganz nah an ihrem Ohr.

Vom Geradesitzen tun mir die Schultern weh, es ist, als ob ich trinken würde, und gleichzeitig geht es mir durch und durch, ich rutsche allmählich von meinem Stuhl; dabei rühre ich mich nicht, sondern werde innerlich hohl.

Simone lehnt sich zurück und dreht sich zu meinem Vater um. Ihre Lippenstiftfarbe verschwindet in ihrem Mund.

»Was willst du damit sagen?«

»Hast du sie dir nicht reingeschoben, bevor du sie verkauft hast?«

Irène starrt meine Mutter an, die aufgestanden ist, um die Fischreste auf der Platte einzusammeln. Zwischen den Augen der beiden ist ein Faden gespannt; wenn er zerreißt, bricht meine Mutter zusammen. Irène sagt ganz laut: »Übrigens, findest du nicht, daß eine Perlenkette zu deinem Kleid recht schick wäre?«

Meine Mutter schwankt. Sie antwortet: Ja, warum nicht, Perlen im Winter, das ist hübsch, und sie verschwindet in ihre Küche.

Simone beißt sich auf die Lippen, sie brummelt: »Ich habe nie Juden verkauft!«

Mein Vater lacht laut los, er klopft ihr auf die Schulter: »Siehst du, du bist ganz von allein drauf gekommen, was ich sagen will...«

»Das sind alles Märchen!«

»Das sind die Märchen von denen, die dich aufs Kreuz gelegt haben, während dein Georges beim Arbeitsdienst war.«

Georges ist durchsichtig, so blaß ist er. Er starrt auf den Kopf seiner Forelle am Ende der Gräte.

Simone antwortet, daß das eine schöne Geste war, ein Opfer, um die Gefangenen zu befreien.

Mein Vater fragt sie, was sie ihrer Meinung nach befreien sollten als Gegenleistung für so einen Hosenscheißer.

Georges zerdrückt mit seiner Gabel den Kopf der Forelle, seine Stimme kommt wie aus einer zerplatzten Seifenblase heraus: »Du gehst zu weit, Hector...«

»Du bist doch bis nach Deutschland gegangen, um die Kugeln zu produzieren, mit denen sie uns die Fresse poliert haben. Und du sagst mir das? Du traust dich was... Ich gehe so weit, wie ich will... So weit, wie's mir paßt!«

Irène hält meinem Vater ihr Glas hin. »Hector, das ist doch alles vorbei und vergessen, Mensch, wir trinken auf heute, wir haben Glück, daß wir da sind, alle zusammen... Vergiß doch die Geschichten...«

»Ich vergesse, was ich will, und ich weiß, was ich rede.«

Der Großvater steht mit seinem Glas in der Hand auf. Sein Gebiß verliert die Geduld und sagt was anderes, als er eigentlich will... »Auf Meinachten!«

Mein Vater steht ebenfalls auf, er schüttet sein Glas auf die Fischplatte aus, starrt den Großvater an und spottet: »Ja, genau, Meinachten, verdammt! Es ist Weihnachten, und ich bin der Christbaum! Ich bin mit der schlimmsten Scheißverwandtschaft behängt, die man überhaupt haben kann!«

Ich sehe ihn vor lauter Gläsern und Flaschen nicht mehr. Ich bin von meinem Stuhl gerutscht, an der Rükkenlehne entlang. Ich habe mich dünn gemacht. Ich schaue unter den Tisch, weil ich meine Füße nicht auf den Boden bringe. Mein Bruder hockt unter seinem Stuhl zusammengekauert da, er bewegt sich so langsam, daß er unsichtbar ist. Er zeigt auf die Tür, er will sich verdrükken.

Meine Mutter kommt zurück. Sie hält die mit Kastanien gefüllte Pute über die Tischmitte. Es ist kein Platz mehr. Sie schaut sich um: »Mein Gott! Ich habe vergessen, neue Teller aufzulegen...«

Sie läßt die Pute los; die fällt auf die Fischplatte.

Mein Vater packt die Pute und legt sie auf die richtige Platte zurück. Ein Schenkel bleibt ihm in der Hand; damit zeigt er auf meine Mutter: »Und da ist meine schönste Dekoration! Meine Lichtergirlande... Die hat überhaupt keinen Saft mehr! Der lebende Kurzschluß...«

Irène reicht meiner Mutter die Teller. Aber meine Mutter hat keine Kontrolle mehr über sich, die Teller rutschen ihr durch die Finger und fallen auf den Tisch zurück.

Irène steht auf und sagt ganz sanft: »Laß nur, ich mache das... Hector hat zuviel getrunken, wir haben alle zuviel getrunken, das hat alles keinen Sinn...«

»Keinen Sinn? Ich hab noch nicht so viel getrunken, daß ich nicht weiß, daß das Sinn hat, verdammt viel Sinn... Ich war zu jung, um im Krieg mitzumachen, aber ich habe alles gesehen. Ich weiß, wie sehr getrickst worden ist, ich hab die Augen aufgesperrt, das könnt ihr mir glauben, alle miteinander...«

Irène macht eine leichte Handbewegung, als ob sie etwas vor sich wegwischen wollte.

Ich befinde mich mit den Augen auf Höhe der Tischkante, ich bin so winzig, daß ich zwischen den Webfäden des Tischtuchs durchpassen könnte.

Mein Vater wirft den Putenschenkel auf einen Teller. »Wenn sie mich bei der Résistance nicht gewollt haben, dann nur wegen meiner Schwester!«

»Georges! Bring ihn zum Schweigen!«

Simone ist aufgesprungen, sie schüttelt Georges auf seinem Stuhl.

»Wegen meiner Schwester, die's mit dem Marder getrieben hat...«

»Georges! Georges!«

»Deswegen haben sie mich nicht gewollt! Als dein Georges zum Arbeitsdienst ging, da hast du dich nicht beherrschen können, du hast den Marder gesucht... Mir dir ist er in die Miliz eingetreten... Du hast ihn runterziehen müssen, wie du alles runterziehst, was dir zwischen die Schenkel kommt.«

»Georges, tu was! Sag doch was!«

Simone schüttelt Georges mit aller Kraft; aber er kann nichts mehr sagen, in seinem Innern schwappt es wie Wasser in einem Eimer.

Meine Mutter kratzt ununterbrochen denselben Teller leer, sie häuft unsichtbare Abfälle auf die Fischplatte.

Irène sitzt kerzengerade auf ihrem Stuhl und weint.

»Und als der Marder verschwunden war, hast du die Nerven behalten, du hast wieder mit deinem Zwerg angefangen, als er vom Arbeitsdienst zurückkam!«

Die Haustür knallt, Simone hat nicht bis zum Schluß zugehört, sie hat Georges von seinem Stuhl gerissen, der Stuhl ist gegen die Wand gepoltert, Georges hat gesagt: Du tust mir weh, Simone hat ihn in den Flur gezogen, und sie sind fort.

Mein Vater setzt sich wieder. Draußen heult das Auto auf. Er spottet: »Ich hab sie nicht eingeladen...«

Mein Bruder hockt im Schneidersitz auf seinem Bett. Vor sich hat er den Weihnachtskuchen, in den er den Krippenjesus gesteckt hat, und seine Geschenke. Er weiß nicht, wo er anfangen soll. Das von seiner Patin, das größte, mit einem riesigen roten Band drumrum, ist draußen, er hat es in den Schnee geworfen. Damit ist er fertig. Es ist sowieso ein Feuerwehrauto, wie jedes Jahr. Jetzt bleiben noch zwei: das von den Eltern und das von Irène und Robert.

Er entscheidet sich für Irène und Robert. Sorgfältig macht er das Papier auf, faltet es ganz ordentlich zusammen und legt es für seine Sammlung zur Seite. Er macht es auf: Es ist ein Puzzle. Er packt eine Handvoll Teile und läßt sie einzeln in die Schachtel fallen: »Das ist ja alles kaputt!«

»Nein, das ist ein Puzzle, das mußt du zusammenbauen…«

»Warum denn… Ich hab's ja nicht kaputtgemacht.«

Er schüttet alles auf den Boden und sortiert die Teile. Das Bild muß Schneewittchen und die sieben Zwerge ergeben.

»Noch so eine Schnalle. Kommt zu fremden Leuten, und dann fällt ihr nichts anderes ein, als den Haushalt zu machen… Und noch ihre Sachen aufzuräumen, damit sie nichts mehr finden.«

Meinem Bruder gefällt das: »Da brauchen sie es nicht selber zu machen.«

»Ja, schon, aber sie zwingt sie auch, sich zu waschen... Draußen, mit kaltem Wasser. Und mit Seife...«

Er überlegt. Er hat die Teile mit Augen oder einem Mund in eine Reihe gelegt. Er nimmt die von Schneewittchen weg und wirft sie zusammen mit den restlichen Puzzleteilen in seinen Papierkorb. Er murmelt: »Sie soll sie in Ruhe lassen. Sie versteht nichts von Zwergen.«

Dann fängt er an, die Augen und Münder auf das große blaue Stück Papier zu kleben, das über seinem Bett hängt. Dort klebt er alles hin, was er in die Finger bekommt. Tiere und Kuchen, die er krumm und schief aus den Zeitungen ausschneidet. Dann klebt er Augen darauf.

Im Eßzimmer brüllen sie herum. Sie schreien sich an wie die Blöden. Ihre Worte sind giftig und dringen bis in unser Zimmer. Mein Bruder ist mit dem Aufkleben der Zwergenaugen fertig. Er steigt von seinem Bett herunter und setzt sich mit dem Geschenk der Eltern auf den Knien hin.

Die Stimme meines Vaters übertönt alle anderen. Er schreit, daß er saubere Hände hat, daß er vielleicht nicht in Auschwitz oder Mauthausen war, aber daß er von den Deutschen auch nicht wegen Diebstahl verhaftet und als gewöhnlicher Sträfling deportiert worden ist. Daß er die Deportiertenrente von Robert mit seinen Steuern bezahlt und daß sie das Maul halten sollen. Seine Stimme setzt sich gegen alle anderen durch: »Armer Scheißkerl, du bist nicht mehr als dein Orden, hinter dem kannst du dich nicht mal verstecken.«

»Dreckskerl!«

Sie werfen Möbel um, zertrümmern Teller. Sie prügeln sich.

Ich lehne mich mit meinem Bruder ans Fenster. Er drückt sein Geschenk an sich.

»Du wärst besser in deinen Lagern geblieben!«

Etwas ganz Großes zerbricht und fällt zu Boden. Und dann nichts mehr. Das Geschrei geht draußen weiter, sie laufen ums Haus herum. Irène und Robert kommen am Fenster vorbei. Sie schieben den Großvater in ihr zugeschneites Auto. Sie steigen ein, der Motor bockt. Mein Vater kommt, als sie gerade starten. Mein Bruder meint zu mir: »Zum Glück hab ich den Kuchen gerettet.«

Mein Bruder hockt vor einer Schneeplatte und legt seine Köder aus. Kekskrümel, Haselnüsse und eine Käsesoße: für die Heinzelmännchen. Der Schnee ist fast vollständig geschmolzen, es sind nur noch große, vom Winter immer wieder gefrorene Platten übrig. Unter ihnen befinden sich eine Menge Höhlen und Vertiefungen, in denen das Wasser rieselt.

Dort, wo das größte Rinnsal herauskommt, hat mein Bruder ein kleines Hüttendorf für seine Zwerge eingerichtet. Sie haben sich aus der Baumwolle und dem Stroh, die er ihnen gegeben hat, Nester gebaut. Sie sind nie da, wenn man kommt, aber sie haben immer alles aufgegessen. Mein Bruder hat vier solche Dörfer auf dem Weg, der ins Weltraumzentrum führt. Er überläßt ihnen auch seine Spielzeugautos, aber nicht lange; die nimmt er wieder mit, wenn wir hinuntergehen.

»Das sind Köder, damit wir euch zu Gesicht bekommen, nicht um euch umzubringen.« Das sagt er ihnen zum tausendstenmal, aber zu Gesicht bekommen wird er sie nie. Seine Zwerge sind Feldmäuse, oder sie haben sich gut verkleidet.

»Wir machen zuviel Lärm«, sage ich zu ihm, »sie werden sich nicht zeigen.«

»Aber sie kennen uns inzwischen doch… Und außerdem haben sie schon mit mir gesprochen…«

Ich zeige ihm die Pfotenspuren ums Haus herum. »Ja, Angst haben sie trotzdem, sonst würden sie nicht ihre Mäuseschuhe anziehen.«

»Sie sind schlau...«

»Ja, na gut, gehen wir, es hat keinen Zweck zu bleiben.«

»Wenn ich sie sehe, dann sage ich ihnen, daß sie meine Freunde sind.«

»Na schön, aber ein andermal. Jetzt sind sie fort zu einer Geheimzeremonie wegen der Schneeschmelze. Hilf mir meine Raketen tragen.«

Er nimmt die drei kleinen, die ich aus Drehbleistiften der Marke Critérium gebastelt habe. Er ist vorsichtig. Weil ich Pulver aus den Knallfröschen reingestopft habe. Er hat Angst, daß sie ihm ins Gesicht donnern, und preßt beim Gehen die Augen zu. Ich spotte: »Mach die Augen auf, du Blödmann!«

»Explodiere ich, wenn ich hinfalle?«

»Nein, ich sag's dir doch, damit du explodierst, muß ich dich vorher anzünden, und dazu habe ich keine Zeit...«

»Fliegen deine Raketen zum Mond? Vor den Amerikanern?«

»Die nicht. Das sind Versuchsraketen. Wir müssen erst Tests machen.«

Wir hören Laclope. Er faucht die Ameisen an. Es ist nicht mehr weit. Wenn das Laub wieder da ist, sieht man die Hütte nicht mehr. Man sieht die Eiche, das ist der höchste Baum im Wäldchen, aber keiner weiß, daß unsere Hütte darin ist. Man muß schon Blaufuß sein, damit man dort raufklettern darf, oder Ehrengast. Am Fuß des

Baumes befindet sich die Hütte für die Ameisen, damit man denkt, daß weiter oben nichts ist. Für eine windschiefe Hütte ist sie toll gelungen. Die entdeckt keiner.

Schreiend laufen uns Ameisen nach. Ich antworte ihnen nicht, es sind Ameisen. Auch Diesel kommt zu uns. »Wir haben's langsam satt, auf euch zu warten. Laclope will seine Raketen nicht starten, wenn du nicht dabei bist, macht mal Tempo!«

Er ist erst seit kurzem Blaufuß. Er hat vergessen, das geheime Erkennungszeichen zu machen. Ihm antworte ich auch nicht. Er muß es lernen. Er schaut meine dicken Raketen an: Die eine habe ich aus einer Fahrradpumpe gemacht und die andere aus einem Heizungsrohr. »Junge, Junge... deine sind vielleicht Oschis!«

»Komm in die Gänge«, sage ich zu meinem Bruder, »Laclope wartet auf uns.«

Er hat seine Abschußrampen auf der Wiese vor dem Wäldchen aufgebaut. Seine Raketen sind bereits aufgestellt. Zwei aus schwarzen Drehbleistiften, die dritte ist ein silberner Drehbleistift mit Initialen. Von der Sorte gibt es in unserem Kaff nur einen: den von Lalumière. Es war ganz schön knifflig, ihm den zu klauen.

Wir machen unsere Blaufußzeichen, und er schaut meine fetten Raketen an...

»Scheiße, du hast ja vielleicht Dinger! Das ist also der große Tag D!«

Diesel fallen die Geheimzeichen plötzlich wieder ein, er macht sie ganz schnell und nimmt mir die Raketen aus der Hand: »Gib mal her, laß mich sehen...«

»Ja, aber paß auf...«

Er nimmt sie ganz sacht, dreht sie, um sich die Schwanzflossen um das Rohr herum anzuschauen und auch die kleinen oben am Kopf. Sie sind aus Karton und mit Heftpflaster festgeklebt, aber das sieht man wegen der Farbe nicht. Er pfeift, er kennt noch nicht alle Blaufußzeichen. Da sagt er: »Die sehen aus wie die von Tim und Struppi!«

»Genau, meine sind bloß ein bißchen kleiner!«

Bérénice kommt mit ihren Butterkeksen und ihrer Nußschokolade an. Sie bietet allen davon an. Die Ameisen stürzen sich darauf. Ich mag nichts davon.

»Nimm, das ist für dich.« Sie holt Schokolade zum Knabbern heraus, schwarze Schokolade und dazu Haselnüsse extra. Sie legt sie mir in die Hand und klappt meine Finger darüber zu.

Ich habe mich nicht gerührt und nichts gesagt. Wegen der Beine aus Stein, die in meinem Inneren hochklettern. So eine blöde Ameise rennt um uns herum und schreit: Bérénice hat einen Liebsten!

Ich gebe dem Jungen einen steinernen Tritt in den Arsch. Er fliegt zwischen die Beine der übrigen und schreit auf, als würden seine Eier im Backofen weichgekocht.

Bérénice tut so, als hätte sie nichts davon mitgekriegt, sie sagt, unsere Raketen wären echt gut, vor allem meine, die großen. Wenn sie abstürzen, dann kann ich mich gleich in den Erdboden verkriechen und bei den Steinen leben.

Laclope schaut zum Himmel hinauf. Er stellt den Zielwinkel seiner Abschußrampen ein. Er will über das Wäldchen wegkommen. Ich stelle meine ebenfalls auf. Die großen Raketen senkrecht, die kleinen schräg.

Die Sonne wärmt uns. Die Schneeplatten funkeln.

Über dem Fluß schwebt ganz weit oben ein Bussard. Irgendwo stottert eine Kettensäge und beißt in einen Baum.

Diesel steht auf. Er neigt den Kopf und lauscht. Er räuspert sich. Gleich wird er eine Rede halten, in ein, zwei Minuten. Darum heißt er Diesel, er muß sich erst aufheizen, bevor er denken kann. Danach hält ihn nichts mehr auf. Ich warte wie alle übrigen, und plötzlich legt er los:

»Sie sind im zerschossenen Wald... Das sind keine Holzfäller von hier, sie machen sich gleich ihre Kettensäge kaputt... Wir brauchen bloß drauf zu warten.«

Die Kettensäge verliert die Geduld, blockiert, setzt wieder ein und knallt mit einem lauten Schlag auseinander. Danach herrscht Stille, sie kapieren die Sache allmählich. Die Bäume sind voller Granatsplitter, ganz klar, das sind Bäume, die den Krieg von 1914 mitgemacht haben. Wenn die Kettensägen davon nicht kaputtgehen, dann brechen die Sägeblätter in den Sägemühlen glatt durch. Der Vater von Diesel hat eine Sägemühle, aber das spielt keine Rolle, hier in der Gegend weiß das jeder.

Im Tal wird es ganz still. Und in die Stille hinein hallen die Axtschläge; sie springen von Berg zu Berg. Davon wird der Himmel größer. Bei jedem Axthieb dehnt sich der Himmel ein bißchen weiter aus, er steigt über die Wolken hinauf, er öffnet sich bis zu dem Weg der Sterne.

Diesel setzt sich wieder. Aus ihm wird nie ein Kosmonaut.

Laclope steht auf: »Das ist nicht alles. Wir müssen noch unser Feuerwerk abschießen.«

Er schreitet die Ameisen ab und schaut über sie weg in die Ferne: »Wir brauchen eine Ameise, die rückwärts zählt, eine, die ohne Finger zählen kann, von hinten nach vorn.«

Er hat eine große Streichholzschachtel herausgezogen, und alle anderen machen ein paar Schritte zurück.

Die Schokolade schmilzt allmählich in meiner Hand und vermischt sich mit den Haselnüssen. Das ergibt eine Masse, ich rolle sie zu einer Kugel zusammen und schiebe sie in meine Tasche. Ich rupfe mir Gras aus, wische mich damit ab und gehe neben Laclope in die Hocke. Er mustert die Ameisen; die drängen sich aneinander, ihre Gesichter sind angstverzerrt, als ob sie sich gleich auf den Boden werfen wollten. Sie haben Schiß, das sind echte Clowns, fehlt bloß noch die Musik. Laclope sagt ihnen, daß hier nicht Kap Karneval ist.

Alle lachen. Eine Ameise fängt an, rückwärts zu zählen. Laclope zündet ein Streichholz an. Und die erste Rakete zischt ab wie ein Pfeil. Wir sehen nicht, wohin sie fliegt. Wir sehen sie gar nicht mehr, so schnell geht es. Bei den anderen versuchen wir zu schauen, aber das ist echt schwer. Die Ameisen sind näher gekommen, sie kreischen bei jedem Start und spurten los, um den Raketen zu folgen. Aber sie sind blöd, sie laufen irgendwohin und verlieren sie aus dem Blick.

Unsere Raketen funktionieren spitze, sollen die Amis ruhig kommen, damit sie sehen, wie man's macht. Wir bringen alle durch bis auf die letzte: Die explodiert mitten in der Luft. Laclope, der den Himmel mit seinen Fingern abgemessen hat, seufzt und sagt, daß wir das Pulver zu sehr zusammengedrückt oder zuviel davon reingestopft haben.

»Das ist nicht schlimm«, sagt er zu mir, »so lernt man

was, sonst gibt's nie was zu verbessern. Wir müssen ein System erfinden, daß sie eine Rauchfahne abgeben und wir ihrer Bahn folgen können. Sonst können wir nichts kontrollieren.«

»Genau«, antworte ich, »wir brauchen das Pulver bloß mit bengalischem Feuer zu vermischen, das ist gar kein Problem, wir könnten sogar die Farben nehmen, die uns gefallen.«

Im Wäldchen fangen die Ameisen an zu schreien, sie sind losgezogen, um zu schauen, ob sie die Raketen finden, jetzt kommen sie angerannt und bringen uns eine halb explodierte. Mehr sind nicht da, sagen sie, aber die Kühe auf der Weide hinter dem Wäldchen würden in alle Richtungen davonlaufen, und sie hätten Angst, weiter nachzuschauen. Diesel sagt, das seien die Kühe von den Coinsons, und die wären schon immer plemplem.

»Der bringt bloß verrückte Kühe zusammen«, sagt Laclope, »dafür ist er bekannt. Also, lassen wir die großen los? Die kleinen sind bestimmt über den Wald geflogen, bei den großen bin ich gespannt...«

»Erst die aus dem Ofenrohr«, entgegne ich, »ich weiß nicht, wie sie kommt, ich hab nicht mehr viel Pulver übrig gehabt.«

Mein Bruder zählt rückwärts, er klammert sich mit beiden Händen an meinen Anorak. Als er Null sagt, zünde ich sie an. Der Docht macht Pscht und sprüht Funken. Ich haue ab, meinen Bruder zwischen den Beinen.

Meine Rakete wackelt auf ihrer Rampe, sie bebt drei- oder viermal und steigt mindestens zwei Meter auf; dabei speit sie Flammen. Sie bleibt stehen, schwebt einen Augenblick, die Ameisen flitzen in alle Winkel davon und kreischen, daß sie auf sie drauffallen wird, aber sie wankt und fällt wieder ins Gras.

Sie qualmt, sie ist verbogen und verkohlt, sie zuckt und knistert seltsam, um sie herum steigt ein Geruch nach verbranntem Pulver und heißem Metall auf, die Ameisen husten deswegen, sie übertreiben maßlos. Das Ding hat keine Ähnlichkeit mehr mit einer Rakete, aber ich sehe sie noch, wie sie am Himmel schwebt mit ihren roten und weißen Vierecken über den Flammen aus dem Rohr.

Laclopes Augen funkeln: »Scheiße, das ist, als ob ich eine Blume wachsen gesehen hätte und gleichzeitig in ihr drin gewesen wäre... Das ist die Eroberung des Weltraums, aufsteigen, auf dem Pulver und den Flammen sitzen, den Antrieb unterm Arsch fühlen und zu den Sternen hochfliegen...«

»Und verkohlt wie ein Brathähnchen wieder runterfallen!«

Die Ameise, die sich aufgespielt hat, fängt sich eine erstklassige Ohrfeige ein und kugelt ins Gras. Die anderen machen die Bahn frei, um sie vorbeirollen zu lassen, so weit sie will. Sie überschlägt sich fünfmal, ein neuer Rekord, die Wiese ist zwar leicht abschüssig, aber er wird Laclope trotzdem angerechnet.

Bei der letzten Rakete lasse ich mir Zeit, es ist die schönste, ich habe sie angemalt und dann noch lackiert, und ich habe so viel Pulver hineingefüllt, wie ich konnte; das habe ich am Ende weniger zusammengedrückt, damit der Antrieb allmählich zunimmt. Sie steht aufrecht vor dem Himmel, die Ameisen zählen alle gemeinsam rückwärts. Bérénice ist wieder näher gekommen. Laclope kniet sich neben mich, er hält mir die Schachtel

Streichhölzer hin. Ich zünde gleich mehrere an, damit es auch klappt. Und die Rakete hebt ab, ganz gerade steigt sie über dem Funkenhagel auf wie eine Königin, erst langsam, um Himmel und Erde um sich herum auf ihre Plätze zu verweisen, dann schwankt sie ein bißchen und zischt mit einem Affenzahn los, und ihre Bahn ist dermaßen gerade, daß die ganze Erde sich zu unseren Füßen erstreckt bis hin zu den Polen.

Sie ist so hoch gestiegen, daß man sie nicht mehr sieht. Mein Bruder fragt, ob sie für immer verschwunden ist, seine Stimme reißt mich vom Himmel los. Bis ich begreife, was er sagt, kommt sie schon wieder herunter. Sie wird zusehends größer, fällt nach unten, bleibt mit dem Kopf aber Richtung Sterne. Sie entfernt sich von uns, saust auf die große Eiche zu, verfängt sich in den oberen Ästen, bleibt dort hängen und schaukelt im Wind.

Die Ameisen gehen vor uns den Hügel hinunter, sie benehmen sich blöd, erzählen sich von den Raketen, als ob sie sie gemacht hätten. Laclope wirft ihnen Erdklumpen nach, die er aus den unsichtbaren Rinnsalen neben den Eisplatten reißt. Mein Bruder sammelt seine Spielzeugautos wieder ein, seine Zwerge sind nicht herausgekommen, sämtliche Köder sind noch da. Er erzählt Bérénice, daß seine Autos anders stehen, die Heinzelmännchen haben sie benutzt. Sie antwortet ihm, daß sie um die Hütten herum Reifenspuren gesehen hat, aber wir haben sie zertreten, und jetzt sind sie nicht mehr zu sehen.

»Wo fahren sie bloß hin, daß sie Autos brauchen?«

Laclope ist mit uns zurückgekommen, die Ameisen

sind vor den Erdklumpen davongelaufen, er schlurft, die Hände in den Hosentaschen, er tritt auf alles ein, was ihm in den Weg kommt.

»Ich weiß nicht, wohin sie fahren, aber sie brauchen Autos dafür, da bin ich sicher, darum leihe ich sie ihnen.« Mein Bruder drückt seine Spielzeugautos an sich.

Laclope versetzt ihm eine Kopfnuß: »Du hast recht, Kleinhirn... Scheiße, ich will nicht heim, ich hab meine Hausaufgaben nicht gemacht, außerdem seh ich nicht, was man nach so einem Tag noch machen kann, da bleibt bloß noch schlafen und dann nichts mehr...«

Bérénice legt Laclope einen Arm um den Hals. Sie sagt ihm, daß er immer einen guten Grund findet, um seine Hausaufgaben nicht zu machen, aber daß sie ihrem Lieblingsbruder heute recht geben muß: Nach dem Tag mit den Raketen kann man nur noch nichts tun.

Mein Bruder deutet auf die Hütten, er sagt, wir könnten noch warten, um die Heinzelmännchen zu sehen. Er hat noch Kuchen, wir könnten länger bleiben. Wir könnten sogar in den Hütten schlafen, wenn sie zaubern und uns ganz klein machen...

»Sie sind noch nicht von ihrer Geheimzeremonie zurück, da lohnt es sich nicht zu warten«, sage ich ihm.

»Wenn wir nicht warten, dann erfahren wir nie, ob sie zum Zaubern zurückkommen.«

»Wenn wir warten, dann macht uns jemand anders ganz klein...«

Bérénice sagt, wir sollen schneller laufen, die Sonne geht unter, sie müssen immer vorher daheim sein.

Wir auch. Mein Bruder stopft mir seine Autos in die Taschen, er nimmt mich an der Hand. Es ist fast dunkel, ich lasse ihn machen. Wir gehen schweigend, jeder ist bei seinen Gedanken.

Bei den ersten Häusern läuft uns der älteste von den Coinsons über den Weg. Er ruft uns zu, daß er keine Zeit hat, um uns guten Abend zu sagen; er hat vergessen, die Kühe reinzuholen.

»Er ist noch verrückter als sie«, sage ich.

»Nein, genauso, die sind mit ihnen verwandt«, sagt Laclope und macht die Blaufußzeichen: Wenn-die-Nacht-dich-nicht-verschlingt-wir-sehen-uns-morgen.

Bérénice streichelt meinem Bruder kurz durchs Haar, sie sagt: Bis morgen, und geht mit Laclope in den Lebensmittelladen.

Sie nehmen sich einen Apfel und gehen in den Hinterraum; alle Stränge des Bierdeckelvorhangs wackeln, dann schließt er sich hinter ihnen wieder. Draußen hört man sein Geklapper nicht. Ich warte, bis er sich nicht mehr bewegt. Wir gehen, als er wieder eine Wand bildet.

Lalumière sucht den ganzen Vormittag seinen Drehbleistift, er kocht und tobt, und wir mußten es alle ausbaden, daß es nicht mehr feierlich war. Er hat gesagt, daß wir ihm lieber aus dem Weg gehen sollen. Im Klassenzimmer sind wir ihm immer im Weg, wir können gar nicht anders. Wir haben uns einen Fingerhagel wegen aller möglicher Lappalien eingefangen, dazu ein drei Kilometer langes Diktat, er hat die Mädchen zum Weinen gebracht, an allen Härchen gezogen, die er finden konnte, und seine Rolle Heftpflaster aufgebraucht.

Er hat uns aufgetragen, die Karte von Frankreich aus dem Gedächtnis zu zeichnen – mit Flüssen, Bergen und Städten. Inzwischen mußte Laclope in der Apotheke eine neue Rolle Heftpflaster holen. Eine große. Bei jedem Fehler, den er sieht, schlägt er mit seinem Eisenlineal auf die Finger, lautlos geht er zwischen den Reihen durch und fällt hinterrücks über uns her.

Wenn er wüßte, was wir mit seinem blöden Drehbleistift gemacht haben, da wäre es auf der Stelle um uns geschehen. Das ist sein Direktorenstift. Er hat ihn vom Bürgermeister geschenkt bekommen, als sie ihn ernannt haben, darum hat er ihn gehütet wie seinen Augapfel und geht uns jetzt tierisch auf den Sack.

Laclope kommt erst kurz vor Schulschluß. Er macht

mir die Blaufußzeichen Die-Erde-öffnet-sich-und-Der-Sturm-über-dem-Haus-des-Tapferen. Als er das Heftpflaster auf das Lehrerpult legt, sagt er, daß der Sohn von den Coinsons da ist, mit einer Kuh, und daß er ihn sprechen will, ja, ihn, den Herrn Direktor. Lalumière schaut aus dem Fenster, er sagt uns, daß zwar Schulschluß ist, wir aber warten sollen, bis er zurückkommt und unsere Landkarten überprüft hat. Er setzt Laclope ans Lehrerpult, beim geringsten Lärm ist er dran.

Sobald er fort ist, richte ich mich ein Stückchen auf, um reglos nach draußen zu schauen. Der Sohn von den Coinsons ist wirklich da, er hält eine Kuh an einem Seil. Er zeigt Lalumière den Kopf der Kuh. Lalumière bückt sich und fährt brüllend wieder hoch: »Die ganze Klasse in den Hof. In einer Reihe aufstellen. Ohne einen Mucks!«

Wir stehen alle im Hof an der Mauer entlang, und Lalumière läßt die Kuh an uns vorbeiführen. Er lächelt und verzieht dabei nicht einen einzigen Muskel. Seine drekkige Fresse wirkt mit dem zusammengepreßten Mund knallhart. Er bleibt stehen und hält mir den Kopf der Kuh hin.

Ohne die Lippen zu öffnen, sagt er: »Wo warst du gestern nachmittag?«

Ich antworte nicht. Ich kann es nicht, ich betrachte den Kopf der Kuh: Zwischen ihren Hörnern steckt der versilberte Drehbleistift. Er ist verbogen, am Ende verkohlt und hat sich mindestens zwei Zentimeter tief in den haarigen Schädel der Kuh gebohrt.

»Ich hab mich gefragt, was sie bloß hat... Sie war wie übergeschnappt, ich bin ihr die ganze Nacht nachgerannt, hab sie erst in der Früh gefunden. Da hab ich sie hierhergeführt, um sie Ihnen zu zeigen... Vielleicht wissen Sie, was es hat, das Vieh...«

Ohne mich aus den Augen zu lassen, antwortet Lalumière dem Sohn der Coinsons: »Sie hat einen Critérium zwischen den Hörnern stecken.«

»Einen Critérium?«

»Einen Drehbleistift.«

»Einen Schreibstift aus Eisen? Ja, aber...«

»Und dieser Drehbleistift gehört mir.«

Ich habe Muffensausen. Ich tue so, als hätte ich einen Stock verschluckt, damit ich mich ja nicht rühre. Lalumière hat seinen allwissenden Blick drauf und wühlt mir damit im Kopf. Das kenne ich, das kann ich aushalten, aber ich darf nicht gleichzeitig auf seine Hände schauen.

Plötzlich läßt er mich in Ruhe, er geht einen Schritt zurück und sagt zur gesamten Klasse: »Ich verlange eine Erklärung.«

Der Sohn von den Coinsons kapiert gar nichts, seine Kuh kann das nicht gewesen sein, er sieht keinen Grund, warum sie das getan haben soll, sie ist wie er, sie schreibt nie.

Das bringt Lalumière auf die Palme. Er schreit ihn an, daß er den Mund halten soll, daß er nicht mehr Verstand hat als damals bei ihm im Unterricht, daß ihm durch den Umgang mit den Kühen irgendwann noch mal ein Euter am Kinn wächst, daß er sich zum Teufel scheren soll, er mitsamt seinem Rindvieh, sie haben beide die gleichen Kuhaugen, und er kann sie nicht mehr ertragen.

Er reißt den Drehbleistift aus der Kuh. Sie muht entsetzlich los, sie schlägt nach allen Seiten aus, springt auf der Stelle hoch und rast Richtung Tür. Der Sohn der Coinsons hat das Seil festgehalten, er läuft ihr halb hinterher, halb wird er gezogen, und er brüllt, daß die Tür zu klein ist, aber die Kuh rennt alles ein, sie wirft den Türflügel aus den Scharnieren, der mit Donnergetöse auf den Beton kracht.

Lalumière hat sich nicht gerührt, mit erhobenem Arm zeigt er der ganzen Welt seinen beschissenen Drehbleistift. Die gesamte Ameisenklasse hängt an den Fenstern. Als er sie sieht, läuft er los und brüllt: »Der erste, der sich bewegt, der wird es sein ganzes Leben lang bereuen.«

Wir bewegen uns nicht.

Laclope flüstert mir mit zusammengepreßten Zähnen zu, daß Lalumière die Ameisen bestimmt zum Reden bringt und wir schon so gut wie tot sind. Keiner muckst sich mehr. Vom Rahmen der kaputten Tür löst sich ein Stück Scharnier. Es scheppert wie eine wild gewordene Glocke und rollt bis in die Hofmitte. Wir haben es alle angesehen, als ob es wüßte, was auf uns zukommen würde.

Lalumière kehrt zurück, er zerrt eine Ameise am Pulloverrücken. Er schüttelt sie. Sie ist total verheult und verspritzt große Rotzfäden um sich. Sie fuchtelt mit den Armen, und ihr fallen fast die Augen heraus.

Lalumière wirft den Jungen zu Boden, stößt die Lehrerin der Kleinen weg, als sie ihn daran hindern will, und brüllt: »Wiederhole, was du mir da oben gerade gesagt hast!«

Die Ameise zittert, ohne sprechen zu können, sie wird von Kopf bis Fuß von Schluchzern geschüttelt.

»Wiederhole es, oder es ergeht dir noch schlechter...«

»Nein.«

Das hat sie mit nicht hörbarer Stimme gesagt, sie klammert sich an ihre Hose, aber es ist zu spät, sie pißt sich hinein.

Laclope tritt vor: »Das ist einer von den Kleinen, er hat nichts getan, ich war's, lassen Sie ihn in Ruhe!«

Mir bleibt auch keine andere Wahl, fast hätte ich mir gleichzeitig mit der Ameise ins Hemd gemacht, ich trete ebenfalls vor: »Er war's nicht, ich war's, ich hab den Arsch von der Kuh verpaßt.«

Lalumière läßt die Ameise los. Die Lehrerin trägt sie auf ihren Armen weg. Er packt uns an den Haaren, hält uns fest, einen mit jeder Hand. Er zerrt aus Leibeskräften, gleich reißt er uns unseren Skalp runter. Er zieht uns auf den Boden, um uns die Fresse einzudrücken. Seine Stimme ist so scharf wie ein Rasiermesser: »Auf die Knie.«

Laclope neben mir wehrt sich. Sein Gesicht wird vor Anstrengung rot, und er verzerrt vor Schmerzen den Mund. Ich denke, daß ich genauso aussehe: am Boden, um Erde zu fressen, der Schweinehund über uns, der uns genauso zerkrümeln will, wie er die Ameise kleingemacht hat. Und mir kommt alles hoch, was mich auffrißt, ich habe einen ekligen Geschmack voll Wut und Scham im Mund... Und obendrein ist es, als hätte ich die Ameise verprügelt, alles, was sie abgekriegt hat, alles, die Pisse, die Tränen, die Muffe, alles war meinetwegen.

Das hätte Lalumière nicht tun dürfen. Lieber verrecke ich, als so ein Gefühl zu haben. Mein Mund liegt auf dem Beton, und ich fauche so laut ich kann durch Spucke und Staub: »Scheiße! Scheiße! Scheiße!«

Lalumière zieht mein Gesicht bis zu seinem hoch: »Was?«

»Wenn Scheiße kacken könnte, dann würden Sie dabei rauskommen!«

Er holt weit aus, um mich zu ohrfeigen, aber er verfehlt mich, er ist außer sich: Seine Augen rollen mit einem Affenzahn hin und her, sein Mund ist verzerrt, er brüllt mich an, er spuckt mich an, so daß ich von seinem Atem fast ersticke. Er drückt mir seine weiße Fresse ins Gesicht. »Sag das noch mal...«

Ich kann es nicht. Ich habe keine Kraft mehr, er umklammert mich so fest, daß seine Finger sich durch meinen Arm hindurch berühren, meine Füße rutschen weg, meine Beine verheddern sich. Gleich bin ich ganz klein. Ich überlege, wie ich wieder ganz von vorn anfangen, etwas anderes sagen, alles gleich zugeben kann. Ich bin bereit zu bitten, zuzugeben, daß ich die Scheiße bin, mich zu seinen Füßen darin zu wälzen.

Lalumière lächelt, er läßt mich los, er sagt, daß ich mich wieder zu den anderen stellen soll. Ich begreife nicht, wie ich noch gehen kann. Ich drehe mich um, da steht Laclope, neben ihm sein Vater und die Mütter, die ihre Kleinen zum Mittagessen abholen.

Ich stelle mich wieder auf meinen Platz in der Reihe an der Mauer.

Lalumière sagt, daß er sich die Strafe über Mittag überlegen will und daß wir gar nicht zu warten brauchen, wir dürfen nach Hause gehen.

Laclope soll mit seinen Schwestern heimgehen, sagt sein Vater. Er folgt Lalumière ins Klassenzimmer, die Lehrerin der Kleinen ebenfalls. Mein Bruder kommt zu mir. Er gibt mir seinen roten Pappranzen, nimmt ihn mir wieder ab, er will meinen auch tragen, aber das will ich nicht, ich muß was in den Händen halten. Er geht neben mir, faßt mich am Anorak. Er hebt einen Holzsplitter von der Tür auf und steckt ihn in seine Tasche. Laclope fragt mich, ob alles in Ordnung ist. Ich sage ja. Und bei dir, frage ich ihn. Er macht das Blaufußzeichen Der-Tapfere-hat-gekämpft-und-kehrt-blutbedeckt-zurück. Bérénice sagt nichts. Wir trennen uns am Kreisverkehr der Fernstraße.

Mittags ißt mein Vater nicht zu Hause, er bleibt auf seinen Baustellen, da habe ich meine Ruhe. Wir gehen auf dem Randstreifen, das Gras funkelt, mein Bruder bleibt stehen. Er sagt: »Du bist mein Bruder.«

Laclope und ich haben fünf Finger gekriegt, dazu einen Brief an die Eltern zum Unterschreiben, und wir müssen den Drehbleistift ersetzen. Am schwierigsten wird es mit dem Brief. Laclope pfeift darauf, er hat seine Abreibung schon am Mittag gekriegt. Bloß ein paar Ohrfeigen, ein Verbot, nach der Schule herumzutrödeln, und keinen freien Donnerstagnachmittag diese Woche. Sein Vater hat ihm gesagt, er wäre so eigentlich schon genug bestraft, aber weil nur er das Recht hat, seinen Sohn zu bestrafen, müßte er ihm noch was aufbrummen, aus Prinzip.

Das hat Laclopes Vater Lalumière gesagt: Daß nur er seinen Sohn verprügeln darf. Außerdem sei es verboten, die Kinder in der Schule zu schlagen. Ich bin mir nicht sicher, daß Laclope wirklich bloß ein paar Ohrfeigen abgekriegt hat, aber stimmen kann das schon, einfach, um Lalumière eins auszuwischen.

Wir haben die Kaninchenställe schon fast ganz sauber gemacht. Laclope gibt mir das Stroh, damit ich es hinten in die Käfige schütte. Wir haben während dieser Arbeit alle Kaninchen in einen Stall gesperrt. Sie raufen sich. Laclope schaut zu, wie sie sich prügeln, er lacht. Er sagt, er würde sie gern krepieren sehen; er hat die Kaninchen von der Genossenschaft satt, die nutzen nur Lalumière was, der steckt die Knete ein und kauft sich damit, was ihm paßt. Wir sorgen das ganze Jahr lang für die Kaninchen, und am Ende verhökert er sie, um irgendwas für die Schule anzuschaffen.

Mit der Knete vom letzten Jahr hat er einen Plattenspieler gekauft. Den haben wir im Unterricht nie zu sehen gekriegt, er hebt ihn bei sich auf, damit wir ihn nicht kaputtmachen. Bei sich heißt auf der anderen Seite des Flurs, wir tragen ihm das Holz rein, wenn wir welches fürs Klassenzimmer holen, wir kehren ihm den Boden bis vor seine Tür, und er klaut uns den Plattenspieler.

»Die Schulgenossenschaft hängt mir zum Hals raus«, sage ich. Laclope packt ein Kaninchen an den Ohren und schmeißt es in seinen Käfig: »Und dann werden wir auch noch bestraft!«

Ich schmeiße das zweite Kaninchen rein: »Dieses Jahr will er Linoleum fürs Klassenzimmer kaufen. Uns kann das piepegal sein, wir sind nächstes Jahr nicht mehr hier; da brauchen wir wohl auch nicht dafür zu bezahlen.«

Laclope nimmt mit jeder Hand ein Kaninchen, er hält sie hoch in die Luft: »Das ist unsere Knete«, sagt er zu ihnen und schmeißt sie ebenfalls rein.

Wir pfeffern alle übrigen in ihre Käfige und rechnen uns die Knete dafür aus. Da kommt ganz schön was zusammen, bei sieben oder acht Francs pro Kaninchen.

»Scheiße, so ein Dieb. Außerdem hab ich die Schnauze voll davon, seine zwanzig Käfige sauber zu machen. Heute abend denk ich mir einen Plan aus.«

Er pfeffert das letzte Kaninchen rein. Es macht einen halsbrecherischen doppelten Salto, dann landet es im Heu. Wir geben ihnen zu fressen, wir machen die Käfige ordentlich zu, wir kehren davor, wir überprüfen sicherheitshalber alles noch mal, wir gehen. Ich habe keinen Plan. Ich muß nach Hause. Ich mache alles stückweise. Erst die Kaninchen. Dann nach Hause gehen. Und reingehen. Das übrige male ich mir lieber nicht aus. Das Auto meines Vaters steht vor dem Haus. Ich gehe hinten herum, in den Keller. Ich kümmere mich um den Heizkessel, ich leere den Koks und die Asche in den großen Mülleimer. Ich stochere mit der Schaufel im Heizkessel, ich schüttle den Rost mit dem Hebel ab, ich stopfe den Kessel mit Kohlen voll. Ich bin schweißgebadet, der Staub klebt mir an der Haut, meine Lungen sind voll davon. Ich mache alles, wie es sich gehört. Ich stelle den Mülleimer raus und gehe in die Küche rauf.

Mein Vater erwartet mich. »Woher kommst du so spät?«

»Ich war beim Heizkessel.«

»Seit halb fünf?«

Er steht von seinem Platz am Tisch auf, er hat ein schwarzes Elektrokabel in der Hand. Er hat es zweimal umgeknickt, die Stecker hängen herunter. »Du hast was für mich zum Unterschreiben.«

Ich suche den Brief von Lalumière in meiner Tasche. »Nein, das nicht, das unterschreibe ich nicht. Da kannst du selber sehen, wie du aus der Patsche kommst.«

Er schwingt das Kabel wie eine Peitsche. Er kommt näher. »Laß deine Hose runter, ich will meine Unterschrift auf dir hinterlassen.«

Wenn ich auch nur einen Millimeter weitergehe, läuft mir das Wasser in die Stiefel. Es steht bis oben an den schwarzen Gummirand. Es breitet sich im ganzen Tal aus bis zu den ersten Bäumen, die im Nebel verschwinden. So flaches, glattes Wasser habe ich noch nie gesehen. Es breitet sich auch hinter mir aus, bis zur Straßenböschung. Und auf der anderen Seite setzt es sich fort, kilometerweit.

Ich stehe in der Überschwemmung. Ich habe eine Menge Stimmen im Kopf. Ich brumme wie ein Wespennest, in dem herumgestochert wird. Ich rühre mich nicht. Hinter mir drückt das Wasser mit seinem ganzen Gewicht gegen meine Beine, so daß ich nicht zurückweichen kann.

Der Himmel ist wie das Wassser, mit ihm durch den Nebel verschmolzen. In den verwischten Wolken treiben die Berge, alles ist grau vom gedämpften Licht und den wirren Spiegelungen. Das zieht mich an. Ich sage mir: Na los, laß dich reinfallen. Planlos bewege ich meine Muskeln.

Gestern morgen war die Überschwemmung da. Der Fluß hatte das ganze Tal eingenommen. Von meinem Zimmerfenster aus bin ich mit den Augen der geraden und hochgebauten Straße gefolgt, die durchs Wasser verläuft. Ich bin ihr gefolgt, als ob ich auf ihr gegangen wäre, und je länger ich das getan habe, desto deutlicher habe ich das Wasser um mich herum gesehen. Ich habe zu zittern begonnen. Das Zittern hat nicht mehr aufgehört und ist zu dem Brummen geworden.

Ich habe mir gesagt: Morgen ist Donnerstag, und dann habe ich den Tag ziellos vertrödelt. Mir ist etwas im Kopf herumgegangen, was mir das Hirn zermartert hat, und jedesmal, wenn daraus ein Wort werden wollte, hat sich alles wieder vernebelt wegen der Stimmen, die gleichzeitig mit mir gesprochen haben.

Ich bin mit dem Brummen aufgewacht, und ich habe getan, was die Stimmen mir gesagt haben. Es waren keine richtigen Stimmen, und was sie gesagt haben, waren keine Wörter, aber mein Inneres hat ihnen gehorcht. Innen war ich kleiner, als ich bin, ich habe bestimmte Bewegungen gemacht, und mein Körper hat sie ebenfalls gemacht, zeitversetzt. Gleichzeitig habe ich mich von oben gesehen, nicht ganz richtig, aber fast, und meine Haut war überall im Zimmer. Besonders meine Wärme und meine Herzschläge, die waren an den Wänden.

Ich habe mich angezogen und bin mit bloßen Füßen in den Keller hinabgestiegen. Ich wollte frühstücken gehen, bin aber in den Keller hinabgestiegen. Auf jeder Stufe habe ich nein gesagt, ich habe mich in meiner Haut umgedreht, bin aber trotzdem weitergegangen. Und dann kam ich zu den blöden alten Stiefeln meiner Mutter. Ich habe mich hingesetzt und die Stiefel angezogen.

Meine Füße wurden wieder kalt. Ich habe ohne Tränen geweint. Ich habe gesagt: Ich steige in die Überschwemmung, ich habe die Kellertür aufgemacht und bin explodiert. Meine ganze Haut flog in den Himmel. Dazu meine Wärme und meine Herzschläge.

Ich bin niemandem begegnet, aber es hätte mich auch niemand erkannt. Ich bin auf der Straße gelaufen, ohne Haut über dem Fleisch, zwischen dem Wasser vom Himmel und dem der Überschwemmung. Ich habe ununterbrochen geweint, ohne Tränen, leer, verschrumpelt wie ein alter Ball. Ich war geschlagen, ich hatte mir eine Mordsabreibung eingehandelt, ohne daß mich jemand angefaßt hatte. Eine große Hand hat mich gepackt, mir in den Rücken gestoßen. Mein Nabel hat sich vor mir aufgerollt, mich mitgezogen und sich ins Wasser gestürzt.

Dann war ich auf dem Weg, der durch das Wäldchen zu den Wiesen hinunterführt. Die Bäume waren doppelt, hatten keine Wurzeln, standen auf dem Wasser, mitten drin. Überall ragten Grashalme aus dem Wasser und spiegelten sich an den Wegrändern. Sie wurden immer kleiner, dann gab es keine mehr.

Nur noch Wasser. Ich bin dem Hang gefolgt, dann bin ich geradeaus gelaufen. Lange war die Wiese unter den Stiefeln genauso flach wie die Wasseroberfläche. Ich bin weitergegangen und habe dabei kleine Wellen geschlagen, die um mich herum sofort verschwunden sind. Ich habe gespürt, wie mein Herz überall geschlagen hat. Der ganze Himmel hat in meinem Herzen widergehallt, ich bin in seinem Rhythmus weitergegangen, ich wurde von seinen ungeheuren Schlägen geschüttelt. Das war wie im Wassertank an der Quelle. Nur schlimmer.

Um Blaufußindianer zu werden muß man in den Wassertank steigen, die Klappe zumachen und warten, daß jemand sie wieder aufmacht. Ich hatte ganz allein geübt. Aber an dem Tag habe ich den Deckel nicht wieder hochstemmen können, um herauszukommen. Ich habe mich im Dunkeln an den Ring im Deckel geklammert, habe im eiskalten Wasser gehangen. Ich habe geschrien, auf den Beton geklopft, mir die Finger daran aufgerissen. Ich habe mit den Beinen gestrampelt, um oben zu bleiben, ich habe tausend Jahre lang gebrüllt.

Mit jedem Schrei ist der Tank größer geworden. Seine Wände bestanden nur noch aus meiner Stimme. Das Wasser ist mir in den Mund gelaufen. Ich habe nichts mehr gehört, ich habe nichts mehr von der Röte in meinen Augen gesehen. Es war, als ob ich einschlafen würde. Ich habe losgelassen und bin untergegangen. Als meine Füße den Grund berührt haben, reichte mir das Wasser bis zu den Nasenlöchern. So bin ich geblieben, reglos, und habe auf das Platschen der Wellen gehorcht, die ich im Dunkeln ausgelöst hatte.

Dann ist mir das Messer in meiner Tasche eingefallen, und ich habe ununterbrochen gegen die Klappe geklopft. Gefunden hat mich der Braille-Conin.

Diesmal ist es schlimmer, weil ich gekommen bin, um zu sterben. Das bedeuten die Wörter von dem Brummen. Sie sind mir in den Kopf gelaufen, sie wollen mich ganz ausfüllen wie eine Lawine aus gefrorenem Sand. Ich soll mich ins Wasser stürzen, ununterbrochen durch die Überschwemmung laufen, laufen, bis sich das Wasser über mir schließt.

Ich weiß, daß das Wasser in meinem Mund süß schmecken wird, ich weiß, daß ich flüssig bin wie das Wasser, ich werde mich mit ihm ausbreiten und das Tal noch ein bißchen voller machen. Ich werde am Himmel und am Nebel Ränder für meine Haut finden.

Durch und durch werde ich von heftigen Schauern erschüttert, sie laufen auf dem Wasser bis ans Ende des Tals und kommen zu mir zurück und vernebeln alles auf ihrem Weg. Sie überschneiden sich in mir, machen das Wasser mit ihrem spiegelnden Licht weiß. Die große Wiese saugt mich an, ich gehe wieder los, von der riesigen Weite des Himmels erdrückt.

Das Wasser rinnt in die Stiefel. Eiskalt, schlammig wirbelt es herum, treibt die Luft in dicken Blasen hoch und läßt meine Stiefel verschwinden. Die Kälte steigt in mir auf und hält mich mitten im Wasser fest. Urplötzlich kommt mein ganzer Körper zu mir zurück, der Himmel und das Wasser lösen sich von mir. Das reißt mich vom Nebel weg, und ich werde von meinem Gewicht schwer.

Ich habe Angst, in diesen Spiegel zu stürzen, der mir die Füße abschneidet, ich weiche zurück, ich spüre die Tränen über mein Gesicht laufen. Ich renne zur Straße, um mich herum spritzt das Wasser hoch. Je weiter ich komme, desto sicherer weiß ich, daß ich es nicht geschafft habe zu sterben.

Irgendwas rennt neben mir, es macht noch größere Spritzer, es wird vor mir auf der Straße ankommen und immer neben mir laufen.

Laclope, der Blödmann, schafft es noch, daß wir erwischt werden. Den Scheißkrach von seiner Ausrüstung hört man schon vor ihm. Da wissen alle, daß wir gleich in der abgebrannten Mühle rumstöbern wollen. Als erstes fällt mir seine Feldflasche aus Weißblech vor die Füße. Voller Wein. Danach kriege ich ein Seil und eine Petroleumlampe aus dem Ersten Weltkrieg auf die Birne. Er ist ausgerüstet wie ein Höhlenforscher. Er hat auch noch eine Spitzhacke, eine Schaufel, Kerzen, eine Taschenlampe, Essen für vierzehn Tage und einen Haufen Sachen, die auf keinem bekannten Planeten einen Namen haben.

»Du bringst es noch so weit, daß sie uns schnappen«, sage ich, als er in einem Hagel aus Erde und Kieselsteinen mit dem Arsch voraus durch das Loch kommt.

»Wir dürfen hier sein, der Laden gehört niemandem.«

Er sitzt im Schotter und dreht sich um. Er streckt seine Beine aus und gräbt dabei Furchen in den Boden. Seine Füße zappeln, als würden sie nicht zu ihm gehören. Es riecht nach Regenwürmern.

»Außerdem gehört der unterirdische Gang uns, wir haben ihn entdeckt...«

Er zündet die Petroleumlampe an, stellt den Docht ein und stülpt den Glasschirm wieder darüber. Das ist echtes Höhlenlicht mit zuckenden Schatten und lauernden dunklen Löchern, die bereit sind, uns beim geringsten Fehler zu verschlucken.

Ich sage: »Die Überschwemmung hat sich in die Steinmauer gefressen, sie hat das Loch in den unterirdischen Gang gemacht, wir haben wirklich überhaupt nichts dazu getan...«

»Doch, wir haben es entdeckt, wir haben es vor allen anderen gesehen, wir haben es zugedeckt und schauen es uns an. Es gehört uns, und wem das nicht paßt, dem pissen wir in die Ohren.«

Wir rühren uns nicht. Jetzt müssen wir bis zu der Tür gehen, die durch einen Erdrutsch verschüttet worden ist, und dann graben, damit wir sie aufmachen können. Die dreißig Meter Tunnel vor uns kennen wir wie unsere Hosentasche, wir finden mit geschlossenen Augen hin. Seit der Geschichte mit dem Drehbleistift ist das Weltraumzentrum zu, dafür sind wir jetzt hier auf Blaufußterritorium. Außer uns weiß das keiner.

Die Tür haben wir nicht gleich gesehen. Wir haben sie entdeckt, als wir uns Nischen für unsere Fressalienvorräte gegraben und dabei Pläne für die Grausame Rache geschmiedet haben.

Laclope erhebt sich mitten in seinem Plunder und streckt die Lampe vor sich: »Gehen wir los?«

»Na klar.«

Ich packe meine Sachen und laufe hinter ihm her. Vor dem Erdrutsch spucken wir in die Hände und machen uns an die Arbeit. Die Steine sind trocken und schwer, der harte Boden zersplittert unter den Schlägen von Laclopes Spitzhacke in Platten, wir werfen an der Tunnelwand einen sauberen Haufen auf. Ab und zu machen wir

Pause, um einen Schluck zu trinken und uns den Staub aus der Kehle zu spülen, der uns die Luft abschnürt.

Die Petroleumlampe qualmt und stinkt, vor unseren Augen bildet sich ein Schleier, aber wir sagen nichts mehr. Wir wollen bis zuletzt durchhalten, wir wollen die Eisentür ganz sehen, sie aus den Angeln heben, sie zum Reden bringen. Die Formulierung ist Laclope eingefallen, er hat gesagt: Wir bringen die Tür zum Reden, wir werden sehen, was sie in ihrem Bauch versteckt hält. Seitdem sagen wir so. Wir wollen es wirklich wissen, wir sind uns sicher, daß es sich um den unterirdischen Gang der Résistance handelt, den die Deutschen nie gefunden haben. Sie nicht, und sonst auch niemand. Er muß in die Berge führen, vielleicht unter die hölzerne Marienkapelle. Das wird die irrste Geheimbasis der Welt sein. Vielleicht finden wir ja auch ein Waffenversteck. Ein Pulverlager für unsere Raketen. Von so einer Stelle aus wird niemand sie starten sehen.

Es ist eine Eisentür, ein Gitter mit aufgeschweißten Eisenplatten. Sie liegt ganz nackt vor uns, freigelegt bis auf den Boden, so leicht läßt sie sich nicht zum Reden bringen. Für eine Tür sieht sie ziemlich verstopft aus. Laclope versetzt ihr einen schweren Hieb mit seiner Spitzhacke. Die Tür klingt dick, schwingt fast gar nicht, aber dahinter hallt es wie ein hohler Bauch. Laclope schmeißt seine Spitzhacke auf den Trümmerhaufen. Er hockt sich im Schneidersitz vor die Tür und stützt die Arme auf die Knie: »So knacken wir sie nie …«

»Es ist leer dahinter, der Gang geht weiter«, entgegne ich.

»Ja schon, aber das wird kein Zuckerschlecken …«

»Wir gehen die Sache ganz langsam an, dann kriegen wir schon raus, was dahinter ist.«

»Und wie machen wir das?«

»Keine Ahnung, ich schau mal nach, wie spät es ist. Es muß schon spät sein.«

Ich steige durch das Loch in der Wand aus dem Tunnel, klettere auf die Balken in der Ruine, bis ich den Kirchturm sehen kann. Es ist fünf Uhr. Ich lasse mich wieder hinunter und rufe Laclope durch das Loch zu, daß wir heim müssen. Dann warte ich auf ihn neben den alten Brettern, mit denen wir das Loch zudecken.

Ich kratze den Dreck von meinen Schuhen und klopfe mir die Kleider ab. Keine Spuren, keine Beweise. Ich zerdrücke ein frisches Blatt auf meinem Hemd. Damit war ich im Wald.

Laclope stellt sich neben mich. Er reibt sich die Oberschenkel, fährt mit dem Finger an den krummen Falten in seiner Hose entlang. Trockene Erde rieselt herunter und bildet ein sauberes Häufchen neben seinen Füßen. Die Dreckklümpchen rollen nacheinander an ihren Platz, als ob sie genau wüßten, wo sie hinsollen. Mit dem letzten Klümpchen ist der Haufen fertig, es dürfte keines mehr dazukommen.

Wir betrachten beide das Häufchen. Laclope stößt seinen Finger in die Spitze und zieht ihn dann langsam aus dem kleinen Vulkan. Die Kraterränder sind sauber, aus feinsten Erdbrocken geschnitten. Scharf. Laclope fährt mit der Handfläche darüber, er streift das Häufchen, nichts rührt sich.

»Nächsten Donnerstag kommen wir wieder, mit einem Plan.«

»Ja, wir müssen diese Tür zum Reden bringen«, entgegne ich.

Er streift noch immer über den Kratergipfel, langsam, ohne es zu merken, ohne hinzusehen: »Genau, und wir erforschen das Innere der Erde: Das sind unterirdische Gänge aus dem Mittelalter, vielleicht sogar aus der Römerzeit, oder sogar noch älter...«

Er betrachtet den grünen Fleck auf meinem Hemd: »Dein Vater hat Scheiße auf den Augen, wenn der woanders hinschaut und bloß das sieht...«

»Ich zisch los«, antworte ich, »sonst poliert er mir die Fresse...«

»Was sein muß, muß sein...«

Er richtet sich auf, er macht ein erstauntes Gesicht, daß es geht und er den Kopf so hoch halten kann, er macht die Blaufußzeichen Rauch-über-dem-Tipi-und-Leerer-Bauch. Wir spähen hinaus, ob uns auch niemand aus der abgebrannten Mühle kommen sieht, und gehen nach Hause.

Die Grausame Rache hat begonnen. Das weiß Lalumière nur nicht, und die anderen wissen es auch nicht. Draußen ist es dunkel geworden, die Fensterläden sind geschlossen. Ich darf eine Woche lang nicht rausgehen, außer in die Schule oder zur Strafarbeit.

Dreihundert Zeilen mit Unterschrift, die sind der größte Brocken. Alles übrige, das Pausenverbot, die Kaninchen, die Dresche beim Heimkommen, das waren Kinkerlitzchen, Routine. Dreihundertmal: »Ich darf dem Herrn Lehrer nicht frech antworten, daß es Tage mit und Tage ohne Fehler gibt, wenn ich in einem zehnzeiligen Diktat siebenunddreißig gemacht habe und besser den Mund halten und mich schämen sollte«, das wäre keine Affäre ohne die Unterschrift. Die ist das einzige, was mir den Spaß verdirbt, ich weiß noch nicht, wo mein Vater unterschreibt.

Alles übrige läuft wie geschmiert. Es ist eine große Kunst, wie Laclope immer sagt, der jetzt wohl gerade seine dreihundert Zeilen abschreibt. Auch er ist eingesperrt, nicht im Bad, so wie ich, aber trotzdem darf er nicht raus, den Schlag mit den Kaninchen hat sein Vater immer noch nicht verdaut. Wir sitzen daheim und machen beide das gleiche. Wie ein unsichtbarer Faden verbindet uns die Abrechnung, unsere Grausame Rache, und die anderen glauben, wir beißen uns in den Arsch.

Wir haben die gleichen Gedanken, wir überlegen unseren Plan bis in die winzigsten Einzelheiten hin und her, wir schüren beim Abschreiben unseren Haß und denken gar nicht an die doofen Zeilen von Lalumière.

Auch ohne daß die Fensterläden offen sind, wissen wir, wie es draußen ist. Zwischen dem Haus der Laclopes und unserem sind die Geräusche gleich, jeden Abend zur gleichen Zeit. Sie bringen die Dinge immer in die gleiche Ordnung, die Ordnung am Anfang der Nacht. Es ist, als ob ich dabei wäre. Die elektrische Melkmaschine bei den Petitcolins mitten in der wachsenden Dunkelheit der Tanne, die alles zudeckt. Das Auto des Nachbarn, der von der Fabrik heimkommt, die Autotür, die zweimal knallt, weil er zu blöd ist, sie beim ersten Versuch zuzuschlagen. Die große Holztür an der Scheune der Coinchelots, die sie mit ihrem dämlichen System aus Brettern und Draht verriegeln. Das Geklapper von Mutter Lavelange, die auf der Fernstraße ihren Karren mit Kaninchenfutter schiebt. Das Klingeln am Bahnübergang, der letzte Triebwagen, der nur aus einer Reihe erleuchteter Fenster besteht und das restliche Dämmerlicht überstrahlt.

Draußen ist so sehr draußen, daß es Teil der Grausamen Rache ist. Wir haben alles im Griff. Sie können unmöglich glauben, daß wir uns absichtlich eine Strafe eingehandelt haben. Sie sind zu festgefahren, als daß sie merken könnten, daß wir nicht so beschissen sind, wie sie glauben. Sie merken sowieso nichts. Von dem unterirdischen Gang wissen sie nichts, können sie nichts wissen. Sie reden davon, aber nur auf die Vergangenheit bezogen, damit sie uns wieder ihren Scheißkrieg und die Résistance und alles vorkauen können, damit sie uns sagen können, was sie alles durchgemacht haben und daß wir das nicht verstehen und daß wir essen sollen, als ob Krieg wäre. Daß sie froh gewesen wären, wenn sie gehabt hätten, was wir alles haben. Aber nachsehen tun sie nicht. Außerdem gehöre alles, was wir haben, ihnen, sonst hätten wir es nicht.

Wir haben die Tür zum Reden gebracht. Wir haben sie ganz sacht drangekriegt, raffiniert, wie Laclope sagt, einfach raffiniert, das ist das ganze Geheimnis. Wir haben sie überall gesäubert, geschrubbt, eingeschmiert, geölt, wo es nur ging. Wir haben Petroleum ins Schloß gekippt, und wir haben ihr Zeit zum Kapieren gelassen. Wir haben den Riegel vollgeschüttet, das Schlüsselloch volllaufen lassen, den Rost abgekratzt und gewartet.

Dann haben wir eine Menge Sachen ausprobiert, um sie aufzukriegen. In alle möglichen Richtungen gebogene Haken, Eisenstücke, sämtliche alten Schlüssel, die wir klauen konnten, das Ganze hat eine Woche gedauert. Schließlich hat eine verbogene Gabel funktioniert. Erst haben wir es nicht glauben können. Es hat leise geknackt, der Riegel ist zurückgegangen, die Gabel ist in die Luft geflogen, und dann nichts mehr.

Laclope hat gesagt: Scheiße, jetzt hab ich alles vermasselt, und wir haben innen im Schloß Teile runterfallen hören.

Da ist die Tür aufgegangen, von ganz allein, lautlos. Dahinter war eine Kiste, die dagegen gedrückt hat, sie ist gegen die Eisenplatten gerutscht und hat die Tür ganz sanft aufgestoßen.

Das hat uns den Atem verschlagen. Dahinter sah es genauso aus wie davor. Der unterirdische Gang ging genauso weiter mit einem Gewölbe und Wänden aus Stein, nur daß auf der Erde in allen Ecken ein Haufen Zeug rumlag. Laclope hat sich auf der Stelle im Kreis gedreht. Er hat immer wieder gesagt: Wir haben sie aufgekriegt, sachte, sauber, wie gemalt... Er hat gelacht und eine Menge sinnlose Blaufußzeichen gemacht.

Wir haben uns auf die Kiste gesetzt. Wir haben eine Kerze angezündet, eine Dose Sauerkraut aufgemacht, es mit der verbogenen Gabel kalt gegessen, und Laclope hat seinen ganzen Wein getrunken.

Ab und zu haben wir zu dem Tunnel hingeschaut, wir haben zu erraten versucht, was auf dem Boden herumlag, aber wir haben uns nicht gerührt. Wir haben gelacht. Dann haben wir gerülpst und sind auf Erkundung gegangen. Wir haben alles angemacht – die Petroleumlampe, die Kerzen, die Taschenlampe – und sind losgezogen. Auf dem Boden lagen kleine Kleiderhaufen, Männer-, Frauen- und Kinderschuhe, offene Koffer, Bretterstücke, Pappschachteln mit Schnüren darum.

Wir sind lange gelaufen. Laclope hat gesagt, wir wären unter dem Bach durchgegangen, der Gang sei mit Sicherheit aus der Römerzeit oder älter, die Mühle eine Burg. Dann ging es bergauf, die Steine am Boden wurden feucht, und wir kamen zu einer Abzweigung, der Gang hat sich gegabelt.

Wir haben die genommen, wo es einen Luftzug gab, der die Flammen unserer Kerzen zum Flackern brachte. Ich habe gesagt, daß man die Luft von draußen spürt, daß es dort einen Ausgang geben muß. Nach einem langen Stück Weg haben wir ihn gefunden. Er war voller Geröll, abgestorbener Äste und Steine, die unter unseren

Füßen weggerutscht sind. Wir kamen im Gebirge raus, durch ein paar Höhlen durch, und haben das Becken des alten Wasserspeichers der Quelle entdeckt.

Vorne ist es voll armdickem Dornengestrüpp, seit tausend Jahren verlassen. Niemand kommt dorthin. Außer jetzt uns. Dort ist Blaufußterritorium.

Die Grausame Rache wird ein Blutbad. Die Kiste, die gegen die Tür drückte, war eine Munitionskiste, und dazu haben wir noch drei weitere gefunden. Wir haben Granaten, Patronengürtel, Dynamit, Zünder und Lunten.

Nachdem mein Bruder an der Tür gekratzt hat, um meine Aufmerksamkeit zu erregen, schiebt er ein Blatt Papier unter der Tür durch.

Er hat geschrieben: *wigetz?* Gut, antworte ich auf der anderen Seite des Blatts. Er schreibt mir zurück: *hasdu hunga?* Ich antworte mit Ja. Er quetscht eine aufgerollte Lakritzschnecke unter der Tür durch. Die kleine schwarze Schlange kommt auf den Fliesen dahergekrochen, sie stammt aus seinen geheimen Vorräten.

Das ist schon was als Geschenk. Ich bedanke mich.

Draußen gehen Mädchen vorbei und lachen. Das können nur die Malabraise-Mädchen sein, so lacht bloß Marlène. Sie müssen auf dem Rückweg von den Ramoljeans sein, zu denen gehen sie manchmal nach der Schule arbeiten.

Schmegz? Außer dem Stück Papier versucht mein Bruder, mir eine Käseecke durchzuschieben. Sie zerplatzt, ein Streifen Käse windet sich auf mich zu wie ein riesiger schwarzer Punkt. So was esse ich zum erstenmal.

Die Mädchen unterhalten sich vor dem Haus, ein Auto

fährt vor, es macht zweimal hintereinander ein seltsames Geräusch, der Motor heult auf. Da hat wieder einer den Randstein übersehen und ist dann abgehauen.

Mein Bruder sitzt nicht mehr am anderen Ende der Käseecke. Draußen laufen Leute vorbei, Stimmen kommen näher und verschwinden wieder, sie antworten einander, und mein Bruder schreit, ruft nach mir. Dann nichts mehr.

Meine Mutter öffnet die Tür, sie hält meinen Bruder in ihren Armen. Sie sagt, wir haben kein Telefon, hier hat kein Mensch ein Telefon.

Mein Bruder heult: »Sind sie tot?«

»Ja, ich weiß es nicht, wir müssen einen Arzt holen, wir haben kein Telefon...«

Meine Mutter streichelt ihm übers Haar, drückt ihn an sich, hält ihm die Augen zu. Er reißt sich von ihr los und läuft wieder hinaus, als wir hören, daß vor dem Haus ein Lastwagen hält.

Meine Mutter dreht sich um: »Achille, bleib da weg!«

Sie krampft ihre Hände um ihren Bauch; sie sieht mich: »Die Kleinen von den Malabraise sind alle beide überfahren worden, vor unserem Haus; laß ihn nicht, komm zurück, na los, bleib da...« Sie geht los.

Die Dunkelheit draußen hat eine Farbe. Sie geht von Männern aus, die sich um den Lastwagen herum zu schaffen machen. Das verbindet sie miteinander. Der alte Petitcolin steht auf der Ladefläche des Gemeindemüllwagens und breitet ein weißes Tuch über etwas, was zur Hälfte hinter Laclopes Vater versteckt ist. Das ist sein Lastwagen. Die Farbe berührt mich ebenfalls. Sie bohrt sich in meine Haut, sie zieht mich bis an den Granitrandstein. Und dann spüre ich nichts mehr, ich begreife nichts mehr, meine Füße stehen in einer Blutlache. Ich bin barfuß rausgelaufen, es ist zäh und klebrig.

Ich suche den Tod. Es will mir nicht in den Kopf. Sie reden alle davon, wie es passiert sein muß, sie deuten auf die Reifenspuren, sie fuchteln viel herum, ihre Stimmen sind rauh, aufgeregt, sie verändern die Farbe der Dunkelheit, sie schwingen wie gespannte Saiten, sie deuten, sie deuten ununterbrochen, aber ich sehe den Tod nicht. Ich sehe nicht, was zwischen den Leichen, die ich auf der Ladefläche nicht erkennen will, und dem Lachen von gerade eben ist.

Der Lastwagen fährt los, der Vater von Laclope bringt Marlène und ihre Schwester nach Hause. Er nimmt nichts mit. Es bleibt nichts da. In diese Leere werde ich fallen. Sie zu füllen schaffe ich nicht.

Ich spüre, wie die Hand meines Bruders in meine gleitet. Er zieht mich, er sagt mir, ich soll aus der Öllache raus, er zieht fester: »Du stehst im Benzin, du bist barfuß!«

Ich bewege meine Füße in der Lache, und der Geruch überwältigt mich plötzlich. Ich will mir die Füße im Gras abwischen, neben dem Zaun. Im Gitter ist ein Mädchenschuh steckengeblieben. Ich mache ihn los, er läßt sich kaum rausziehen.

Mein Bruder zupft mich am Arm, er will ihn sehen. »Steckt ein Fuß drin?«

»Nein, er ist warm, das ist alles, ich bringe ihn zu den Malabraises zurück.«

»Zeig ihn trotzdem her!«

Er schiebt seine Hand in den Schuh: »Marlène ist nett,

aber Marie-Do mag ich lieber, sie will die Heinzelmännchen kennenlernen. Eines Tages zeige ich sie ihr…«

»Sie sind beide tot«, sage ich zu ihm, »du wirst sie nie wieder sehen. Du wirst Marie-Do gar nichts zeigen.«

»Ich zeige sie ihr, wenn ich in den Himmel komme wie sie… Oder du… Du kommst vor mir hin… Sagst du es ihr?«

»Ja, ich sag's ihr…«

»Der andere Schuh muß auch da sein, und die von Marlène, sie haben sie ausgezogen, um in den Himmel zu gehen…«

»Wir suchen sie.«

Wir fangen an, überall zu suchen. Da erfassen uns die Scheinwerfer vom Auto meines Vaters, der auf dem Gehsteig parkt. Wir zeichnen uns in ihrem Licht vor dem Zaun ab, wir sind so flach wie Schatten. Er schaltet den Motor aus, knallt seine Tür zu, sagt uns, wir sollen reingehen, der Wahnsinnsfahrer kommt wegen uns nicht noch mal, sie haben ihn eingebuchtet. Und für heute abend ist Schluß.

In der Küche schenkt er sich seinen Schnaps ein, setzt sich an den Tisch, schiebt seinen Teller mit dem Besteck weg und stellt sein Gläschen und seine Flasche auf die leere Stelle: »Die Polizei war bei den Malabraises…«

Meine Mutter bringt wieder etwas Ordnung auf den Tisch, mein Vater hat seine Show abgezogen, er ißt nichts. Sie schiebt uns den Tomatensalat hin: »Wie konnte er bloß?«

Mein Vater schenkt sich wieder was ein, randvoll. »Er hat behauptet, er hätt nichts gesehen, er wär wie jeden Tag heimgefahren… Sein rechter Scheinwerfer ist kaputt, die Nachbarn haben Blut bemerkt und sind nachsehen gekommen. Er wohnt in der Stadt… In einer Stadt, auch in einer kleinen, fällt so was auf…«

Meine Mutter gibt uns Salat, sie hat fast alles auf den Teller meines Bruders geladen, für sie bleibt nichts mehr. Sie setzt sich, legt ihre Gabel mitten auf ihren Teller. »Zwei tote Kinder… Maria Malabraise hat alles im Leben verloren…«

Mein Bruder hat den Schuh von Marie-Do auf den Knien. Er hat ihn mit seiner Serviette zugedeckt. Er ißt auch nicht.

Mein Vater hebt sein Glas, er schaut in seinen Schnaps: »Sein ganzer rechter Kotflügel ist eingedrückt… Die Nachbarn haben die Polizei gerufen… Auf die Weise haben sie ihn geschnappt. Ein Vertreter… Er war noch sternhagelvoll… Der kriegt nichts aufgebrummt, er war nicht zurechnungsfähig…«

Meine Mutter legt ihre Gabel wieder auf ihren Teller, sie sagt, daß sie nichts runterbringt, die zwei hätten nicht gelitten, so heißt es immer, aber zum Leiden braucht es nicht viel Zeit.

Mein Vater trinkt sein Glas aus. »Hier kennt ihn keiner… Es ist nicht mal jemand von hier…«

Meine Mutter holt die Schüssel mit den Bratkartoffeln, will sie austeilen, legt den Holzlöffel wieder weg und sagt: »Für die Malabraises ist die Sache um so schlimmer, weil sie arm sind…«

Heute mittag haben wir die Grausame Rache ausgeführt. Alle im Dorf haben sie gehört. Dann hat die Gemeindesirene losgeheult, um die Feuerwehr zu rufen, und mein Vater ist nachsehen gefahren, ohne seinen Nachtisch zu essen. Selbst eingemachte Pfirsiche, keine aus der Dose. Ich habe unter dem Tisch das Blaufußzeichen Der-Tapfere-trägt-die-Nase-hoch gemacht.

Wir durften ihm nicht folgen, und ich war sowieso unter Hausarrest. Meine Mutter hat gesagt: Was ist denn jetzt wieder los... Sie war mit ihrem Satz noch nicht fertig, da war mein Vater schon weg. Ich weiß, was los ist, aber nur ich und Laclope wissen, daß ich weiß.

Darum ist es so, als ob ich es nicht wüßte. Ich sage: »Vielleicht ist am Bahnübergang wieder ein Auto vom Güterwaggon gefallen wie schon mal.«

Meine Mutter reibt sich die Hände; sie sagt ganz leise: »Red nicht von einem Unglück nach der Geschichte mit den Malabraise-Mädchen, die haben wir eben erst unter die Erde gebracht...«

»Oder vielleicht ein Laster... vielleicht ist ein Benzinlaster auf dem Bahnübergang explodiert, als der Güterwaggon entgleist ist.«

Mein Bruder schiebt seinen letzten Pfirsich in seinem

Saft hin und her. Er mosert: »Warum dürfen wir nicht nachschauen...«

»Es ist schon genug Unheil passiert, da mußt du nicht auch noch hin... Dein Vater will's nicht.«

Ich suche weiter. Ich sage, daß vielleicht ein Flugzeug aufs Rathaus gestürzt ist oder auf die Schule. Oder vielleicht ist eine Jauchegrube explodiert wegen der Gärung, oder irgendwas, worauf wir nicht kommen...

Mein Bruder zerdrückt seinen Pfirsich: »Jedenfalls ist es eine Explosion.«

Meine Mutter sagt, wir sollen aufhören, von was anderem reden, ihr beim Tischabräumen helfen. Mein Bruder will nicht, er hat was zu tun. Und ich auch nicht, ich bin noch beim Essen.

Und was hat mein Bruder zu tun? Er muß den Schuh fertigmachen. Er will ihn auf das Grab von Marie-Do legen. Im Moment sieht der Schuh aus wie eine Art Boot, um sie ins Reich der Heinzelmännchen zu fahren. Mein Bruder hat in die Mitte einen Zauberstab gesteckt, er hat Abdrücke von seinen Zwergen hineingelegt und die Augen und Münder aus seiner Sammlung drum herum geklebt. Damit sie sie sehen und sich mit ihnen unterhalten kann. Wenn die Sache funktioniert, dann kann sie ganz toll mit den Feldmäusen reden.

Mein Vater kommt zurück. Er setzt sich wieder an den Tisch mit seiner ganz persönlichen Flasche. Er braucht seine Show nicht abzuziehen, es ist fast alles abgeräumt. Aber er kippt zwei Gläschen Schnaps. Manches wird er uns erzählen, anderes für sich behalten. Er trinkt immer zwei auf einmal. Er legt sich die Hände auf die gespreizten Oberschenkel, er schaut meinen Bruder an, der sich gerade neben mich gesetzt hat, und dann meine Mutter, die auf die beiden Gläschen starrt.

»So eine Scheiße …«

Er gießt seine Gläser voll. »Das war das Auto von Lanternot. Es ist in seiner Garage explodiert.«

Er trinkt aus dem ersten Glas. Keiner muckst sich, zwei Gläser, da ist es zu gefährlich.

Er knurrt, trinkt aus dem anderen Glas, zieht sein Messer raus und legt es zwischen die Gläser.

»Alles ist voller Blut, Kaninchenfellfetzen und zerplatzte Kartoffeln in jeder Ecke …«

Er trinkt das erste Glas leer. »Das Auto ist total zerfetzt … Die Garagentür ist in die Luft geflogen …«

Er trinkt das zweite Glas leer und schenkt sich sofort wieder ein. »Hinter der Geschichte, da steckt mehr.«

Seit einer halben Stunde bin ich auf der Lauer. Eingezwängt zwischen dem Fenster, das ich wieder zugemacht, und den Fensterläden, die ich nicht aufgemacht habe. Das Treffen ist um Mitternacht, aber ich bin schon vorher gekommen. Ich beobachte die Dunkelheit durch das herzförmige Loch im Fensterladen und kriege allmählich Krämpfe. Ich trete immer öfter von einem Fuß auf den anderen, aber ich halte durch. Ich will es wissen.

Mein Arsch und meine Oberschenkel tun mir ganz schön weh, mein Vater hat vor dem Weggehen seine Handschrift auf mir hinterlassen. Er hat die dreihundert Zeilen nicht vergessen. Trotz allem, was passiert ist – die Explosion, die Leute, die Neuigkeiten erfahren wollten, und die Leute, die welche erzählt haben –, hat er sich in aller Ruhe eine biegsame, dünne Haselnußgerte geschnitten. Die sind am besten. Das sagt er, und mein Arsch kann es bestätigen. Rotweiß gestreift. Falls er heimkommt, sehe ich die Scheinwerfer seines Autos und habe genug Zeit, um mich wieder ins Bett zu legen. Wenn er nicht zurückkommt, ist es genauso, ich scheiß ihm was.

Laclope läßt sich ganz schön Zeit, um sein Signal zu senden. Ich weiß nicht, wie spät es ist, ich habe zwar auf dem Wecker in meinem Zimmer nachgesehen, wieviel

Uhr es ist, bevor ich aufs Fenster gestiegen bin, aber jetzt weiß ich es nicht mehr. Es gibt keinen Mond. Es ist stockdunkel, ich spähe ungefähr in Richtung seines Hauses. Es ist ein bißchen weiter rechts, aber er hat sein Haus nicht verschoben, nein, die Nacht täuscht.

Dreimal kurz. S für Sieg. Es ist alles gutgegangen, er hat sich nicht schnappen lassen. Das war die Schwachstelle bei unserem Plan. Wir hatten alles, den Sprengstoff und die geklauten Kartoffeln, nach und nach unter den Holzhaufen hinter der Garage von Lalumière getragen. Ein verdammtes Stück Weg, ohne Deckung; die Garage ist hinten im Garten neben der Schule. Ein paar Tage Schufterei, dann haben wir uns absichtlich bestrafen lassen.

Ich antworte auf das Signal. Genauso. Und ich klettere runter. Mit den Krämpfen und meinem rotgestreiften Arsch ist mir nicht nach Feiern. Es ist, wie wenn Jesus versuchen würde, ganz allein von seinem Kreuz zu steigen, bloß daß ich nicht der Sohn Gottes bin und kein Raumschiff habe, um von diesem Planeten mit lauter Verrückten zu fliegen.

Sobald wir unter Hausarrest waren, mußte einer es schaffen, seine Leute heute kurz vor dem Mittagessen hinters Licht zu führen. Um in das Auto von Lalumière die Kartoffeln, die Kaninchen von der Genossenschaft und die Sprengkörper zu stopfen und vor allem die Lunte zu zünden. Eine lange Lunte, zehn Meter, um rechtzeitig verduften zu können.

Wir haben Streichhölzer gezogen, es hat Laclope erwischt. Und zum Glück hat er es wegen dem Laden, der Scheune, dem Schuppen und den vielen Zimmern einfacher gehabt. Trotzdem hatten wir ein Gerät gebastelt, das Lärm gemacht hat, als ob er in seinem Zimmer wäre, solange er fort war. Aus zwei alten Weckern, dem Metallbaukasten und Töpfen. Das war aber nur für zwanzig Minuten. Wir mußten alles bis aufs I-Tüpfelchen planen. Wir haben mehrmals im Tunnel geprobt. Und es hat funktioniert, keiner ist in sein Zimmer gekommen, als er weg war.

Das ist es, das S für Sieg. Und mich hatte mein Vater höchstpersönlich eingesperrt. Sonntags nimmt er die Dinge in die Hand. Er hat das Badezimmer abgeschlossen und kam trotzdem nachsehen, ob ich da war, fünfmal am Vormittag.

Die Grausame Rache macht mehr her, als wir gedacht haben. Sie reden pausenlos davon. Sie wissen bereits, daß es sich um Sprengstoff aus dem Krieg handelt. Wegen den Kartoffeln und den Kaninchen denken sie, es hat was mit dem Schwarzmarkt zu tun, eine Anspielung. Die Bullen haben den ganzen Nachmittag überall im Dorf rumgestöbert, sie haben eine Menge Fragen gestellt. Sie schwimmen.

Das sagt der Vater von Laclope. Er ist mit dem alten Petitcolin mindestens zwanzigmal gekommen und auch mit dem Coinson und der alten Lavelange.

Lalumière ist der Cousin vom Marder, dem Toten, den man nie gefunden hat, dem Kollaborateur. Das wußte ich nicht.

Der alte Petitcolin hat gesagt, da hat jemand schlafende Hunde geweckt. Einer, der genau Bescheid weiß. Er sagt, das ist bloß der Anfang von irgendwas und daß man jetzt aufpassen muß, wo man hintritt. Sie haben pausenlos Schnaps getrunken, sie haben gesagt, daß sie sich beraten, sie haben ihre Mützen tiefer ins Gesicht gezogen und wieder abgenommen. Sie waren rot und schweißgebadet, sogar die alte Lavelange.

Sie vor allem, sie begreift es nicht. Sie sagt, wenn man seinen Verstand anstrengt, dann weiß man, wer was gemacht hat, so ungefähr, und sie versteht nicht, wer Interesse daran haben könnte, die Vergangenheit wieder aufzurühren. Und warum mischt die Polizei sich ein? Das ist doch eine Sache unter uns, den Leuten vom Dorf, das geht niemanden sonst was an. Mein Vater hat die ganze Zeit seine beiden Gläser behalten. Er hat wiederholt, daß mehr dahintersteckt, daß jetzt daran nichts mehr zu rütteln ist und daß die alte Lavelange recht hat: Er sieht auch nicht, wer daran ein Interesse haben könnte.

Sie sehen es nicht, aber sie suchen überall. Sie fangen an, untereinander Namen ins Spiel zu bringen, ohne sie zu nennen, man sieht sonnenklar, daß sie Listen aufstellen und Namen ankreuzen.

Heute abend waren eine Menge Wagen unterwegs. Und sie sind nicht gefahren wie sonst. Manche ohne Licht. Mein Vater ist mit seinen Flaschen und Gläsern weggegangen. Sie besuchen einander, um über die Kartoffelgeschichte zu reden, wie sie sie nennen. Sie versteifen sich total auf die Kartoffeln. Wir haben überall ein paar Kartoffeln geklaut, bei jedem von ihnen, also, wenn sie die erkennen können…

Laclope und ich haben trotzdem ein bißchen Schiß. Jedenfalls haben wir ihm das Auto in die Luft gejagt, dem Lalumière, und seine geliebten Kaninchen dazu. Er hat das Auto nur einmal im Monat benutzt, um seine Mutter im Altenheim zu besuchen. Er braucht sie ja bloß zu sich zu nehmen. Alle sagen, es ist ekelhaft, seine Mutter ins Heim zu stecken.

Als ich zugeschlagen habe, war es wie bei der Überschwemmung, ich konnte meinen Arm nicht zurückhalten. Ich wollte, und wollte gleichzeitig nicht. Meine Hand hat den Hammer gepackt und hat mit aller Kraft auf das Ende der Kugel gehauen, wo die Ladung ist. Laclope war neben der Eisentür und hat die Kisten mit Sprengkörpern und anderes Zeug vergraben. Ich wollte Pulver rausholen, ich hatte mich nicht getraut, was anderes als Kugeln auseinanderzunehmen.

Mein Kopf ist explodiert. Ich habe geglaubt, die Explosion ist in meinem Kopf. Ich hatte die Nase über der Kugel, die auf einem Stück Eisen zwischen meinen Knien lag. Und alles flog auseinander. Laclope hat mich auf den Boden gesetzt. Ich habe gesagt: Es geht, aber ich konnte meine Stimme nicht hören. Er hat mir die Munitionskiste gezeigt, die Kugel steckte darin. Danach habe ich nur noch dieses Bild gesehen: wie mir die Kugel auf jedem erdenklichen Weg in den Bauch gefahren ist. Laclope hat das Zeichen Der-Tapfere-hat-Schwein gemacht, er hat mit mir gesprochen, ich habe gesehen, wie sich seine Lippen bewegen, aber ansonsten: Fehlanzeige.

Ich habe einen Höllenlärm in beiden Ohren, eine Schwadron schwerer Bomber, ich gehe durch das Geröll im Tunnel, als ob ich besoffen wäre. Ab und zu packt mich Laclope und bringt mich wieder auf die richtige

Bahn. Wir gehen im Lichtstrahl, der durch den Höhleneingang fällt. Wir machen nur noch im unterirdischen Gang Licht.

In den Höhlen geht es meinen Augen schon besser, ich sehe nicht mehr verschwommen, aber ich höre mich immer noch nicht. Ich klopfe mit einem Stein an den Felsen, ich schreie aus Leibeskräften, aber ich höre nichts. Ich fange an zu brüllen und zu laufen. Laclope erwischt mich auf dem Grund des alten Wasserspeichers, er wirft mich zu Boden und setzt sich auf mich.

Ich sehe nur noch das große Eingangsloch der Höhle, den riesigen Haufen verschlungenes Gestrüpp unter dem Dach der Tannenzweige. Und den Felsen an meiner Wange und Steine, die so groß wirken wie Felsquader. Und einen Mistkäfer, der seine Kotkugel rollt. Er geht vor meinen Augen vorbei. Er schleppt seine Vorräte, um seine Jungen zu füttern. Ich fange an zu lachen. Der Mistkäfer verschwindet hinter einem Berg aus Staub. Laclope steht auf, er macht das Zeichen Ein-Gewitter-tobt-im-Gehirn-des-Tapferen und Großes-Fragezeichen. Ich mache ihm das Zeichen Der-Tapfere-läuft-dem-Tod-mit-klaffenden-Mokassins-entgegen. Ich stehe ebenfalls auf, wir klopfen uns den Staub ab und setzen uns an den Höhleneingang.

Wir warten. Laclope späht raus, ob die Luft rein ist. Wenn wir in den unterirdischen Gang wollen, nehmen wir nur noch den Weg über den alten Wasserspeicher. Wir machen Blaufußumwege, um die Ameisen in die Irre zu führen, die uns zu folgen versuchen. Und wir passen auf die anderen auf, sie haben immer ein Auge auf alles, was wir treiben, und ein zweites, um uns im nachhinein anzuschwärzen.

Die Geschichte mit den Kartoffeln haben sie noch nicht verdaut. Aber ausnahmsweise kommen sie nicht auf die Idee, daß wir es waren. Und wir werden ihnen nicht helfen, ihre Meinung zu ändern. Darum haben wir beschlossen, die Munitionskisten und die Sprengkörper zu vergraben. Wir verwischen die Spuren, wir heben bloß Pulver für unsere Raketen auf.

Wir wollen unsere Ruhe, damit wir die andere Abzweigung des Gangs erforschen können. Sie liegt voller Geröll, und dann kommt ein senkrechtes Loch wie ein eingefallener Brunnen mit einem reißenden Bach unten. Wir müssen eine Brücke bauen, anders geht es nicht.

Laclope steht immer noch. Die Hände in die Hüften gestemmt. Langsam geht er in die Hocke. Er erstarrt. Seine linke Hand schleift über den Boden, tastet herum, packt einen Kieselstein. Er lauert auf etwas. Er hebt seinen Kieselstein auf, gleich schlägt er zu. Ich sehe nichts und höre nichts außer den Flugzeugen, die mir durch den Kopf sausen. Laclope wirft seinen Stein und stürzt sich ins Gestrüpp. Gleich darauf kommt er mit einem Hasen zurück; er hält ihn an den Löffeln. Tot, der Schädel eingeschlagen. Er hängt ihn an die große Zahnstange, die aus der alten Steinschleuse ragt. Das Blut fängt an über den Pelz zu rinnen.

Mein Vater spricht mit mir. Ich antworte ihm nicht oder sage auf gut Glück ja und manchmal nein, sonst käme es ihm nicht normal vor. Trotzdem habe ich keine Chance, die Sardinen ganz aufzuessen.

Warum er mit mir redet... Die halbe Zeit sagt er mir gar nichts, und die halbe Zeit beschimpft er mich. Es muß mich ausgerechnet heute abend erwischen, wenn ich stocktaub bin. Ich kann ihm nicht sagen, daß ich taub bin, ich kann es niemandem sagen, sonst wissen alle von dem unterirdischen Gang und der Geschichte mit den Kartoffeln.

Mein Vater zwickt mir unter dem Tisch in den Oberschenkel. Ich schaue meinen Bruder an, aber der tut so, als ob er von nichts wüßte, bei meiner Mutter mache ich mir erst gar nicht die Mühe, ich schaue durch sie hindurch. Es muß um etwas gehen, was ich gar nicht getan habe. Das gehört zu seinen Lieblingsspielchen... Er muß gesagt haben, daß... und der da besitzt die Unverfrorenheit, sich zu uns an den Tisch zu setzen... Und ich darf raten. Aber jetzt tappe ich im dunkeln, ich weiß nicht, was er weiß. Und ich bin im Kopf total gaga. Auf gut Glück sage ich: »Ich hab keine Zeit gehabt, das Unkraut im Garten zu jäten, ich hab zu viele Hausaufgaben gehabt.«

Er lächelt breit und drückt fester zu.

Ach, Scheiße, das hat er gar nicht gewußt. Er hat nicht nachgesehen. Er richtet das Besteck neben seinem Teller ganz gerade und läßt meinen Oberschenkel los. Ich befinde mich im freien Fall, ich zermürbe mir den Kopf, es ist doch nicht die Woche, in der ich mit dem Garagereinigen dran war, nicht der Tag, an dem die Mülleimer rausgestellt werden müssen, ich habe meine Hausaufgaben gemacht, keine Strafarbeit zu schreiben... Vielleicht geht es um irgendwas, das ihm jemand über mich erzählt hat. Ich sage: »Das stimmt nicht, der lügt!«

Postwendend kriege ich zwei Ohrfeigen. Ich fliege auf den Boden. Als ich wieder aufstehe, redet er mit der Flasche. Mein Bruder schaut mich an und dann zur Flurtür. Ich lasse es darauf ankommen, nehme meinen Teller und mein Brot und gehe. Ich fange mir einen Schlag gegen den Teller ein, daß alles davonspritzt, und dann noch einen ordentlichen Arschtritt. Da habe ich also gar nicht so falsch gelegen, nur daß ich so schneller zur Tür komme.

Ich gehe mit einem geretteten Stück Brot aufs Scheißhaus. Noch immer dröhnt mir der Flugzeuglärm im Kopf. Ich bleibe, glaube ich, mein ganzes Leben lang taub.

Ich schmeiße mein Brot in die Kloschüssel und ziehe die Spülung. Ich setze mich gegenüber hin. Mit Scheißhäusern kenne ich mich aus, jedenfalls mit unserem. Ich kenne mich auch mit Sprüngen in vergilbtem Email aus, die sind besser als sämtliche Landkarten, die Lalumière uns jemals zum Zeichnen aufgeben kann.

Mit meinen Augen folge ich den kleinen schwarzen

Rinnsalen, ich hefte mich an die breitesten, die sich in die großen stürzen. Jetzt sind Cañons daraus geworden. Ich bin auf dem Planeten der Kerkerschüssel. Irgendwo wartet mein Raumschiff auf mich. Noch sehe ich es nicht. Die Krümmung des Planeten ist zu stark. Der Horizont ist rund wie eine Murmel. Und dabei bin ich nicht mal sicher, daß dieser Planet rund ist, er hat eine merkwürdige Form. Mein Cañon wird wieder zu einem Riß, er verästelt sich weiter, er ist nur noch ein Riß. Die Stelle habe ich am liebsten. Dort, wo er in den Fußboden übergeht. Wenn man nicht genau weiß, wo er aufhört. Mir fallen die Augen zu, sie verschwimmen auf der Emailfläche, mir brummt der Kopf, ich lege ihn auf die kalten Fliesen.

Mein Vater öffnet die Tür, packt mich am Kragen und schleudert mich auf den Gang hinaus. Mir bleibt keine Zeit, mich zu wehren, er schließt sich auf dem Scheißhaus ein.

Ich gehe mit meinen Flugzeugen schlafen. Mein Bruder liegt schon im Bett. Meine Mutter erzählt ihm eine Geschichte. Ich drehe mich zu ihnen um. Ich höre nichts, aber die Geschichte ist wunderschön.

Laclope wischt den Hals seiner Feldflasche ab und hält sie mir hin. Ich nicht, erwidere ich. Er lacht, schraubt den Verschluß zu und schimpft dabei auf den Gummiring, der klemmt. Dann wirft er die Flasche ins Gestrüpp. Wir sind zu früh da. Keiner schert sich mehr um uns. Dort unten pflügt der alte Coinson mitten im Sommer sein Feld. Das hat er noch nie getan, es ist eine Weide, die zum Anbauen nicht taugt, er tut das bloß, um die Ramoljeans zu ärgern: Die können jetzt nicht mehr drüberfahren. Schluß mit der Abkürzung, sie müssen die Straße nehmen. Drei Kilometer. Auf die Tour läuft es überall. Sogar wegen Algerien streiten sie sich nicht mehr so. Die alte Lavelange, die mit keinem mehr geredet hat, seit ihr Sohn auf der Seite der Algerier in den Krieg gezogen ist, spricht wieder mit den anderen. Nicht mit allen, nicht mit den Ramoljeans zum Beispiel, aber so ist es geschehen – ohne darüber zu reden.

Wir warten ab. Es sind anonyme Briefe gekommen, und in sämtlichen Ecken haben die Leute Kartoffeln in Form von Totenköpfen gefunden. Seit zwei Tagen ist die Polizei wieder da. Sie stöbern in der abgebrannten Mühle. Wir haben unser Zeug woandershin geschleppt, das Material und die Bretter für die Brücke liegen nicht weit von uns in den Büschen. Den Eingang von der

Mühle aus haben wir schon längst wieder zugestopft, mit Erde und alten Steinen. Den finden sie nie. Wir sehen sie von hier aus, sie laufen zwischen den Ruinen rum, wissen aber nicht, wo sie suchen sollen. Wir sehen auch die Leute, die sie von ihren Feldern oder Scheunen aus beobachten. Und den Braille-Conin, der in dem ganzen Durcheinander rumläuft.

Sobald wir sicher sind, gehen wir wieder in den unterirdischen Gang runter, vorher nicht, wir sind nicht so blöd wie die.

Laclope schirmt sich die Augen mit der Hand ab. »Die Kartoffeln in Totenkopfform sind nicht gleich gewachsen, die haben locker vierzehn Tage gebraucht.«

»Genau«, sage ich, »und von allein sind die auch nicht gewachsen.«

»Keine Ahnung, was die aushecken, aber sie fressen die Geschichte.«

Er schneuzt sich. Er hat nie eine Rotzfahne, er preßt seinen Daumen auf einen Nasenflügel und stößt die Luft auf einmal aus, als ob er niesen würde.

Unten bleibt der alte Coinson stehen, bückt sich, nimmt seine Mütze ab und kratzt sich mit derselben Hand am Schädel. Er schaut in die Luft und wieder auf den Boden.

»Das ist Hexerei!« sage ich.

Der alte Coinson hebt zwei, drei Sachen auf und rennt davon. Er muß brüllen, und er hält die Sachen von sich weg.

Laclope folgt ihm mit dem Blick: »Das ist keine Hexerei, er hat Kartoffeln in Totenkopfform gefunden.«

»Er läuft auf die Straße, er will zu den Bullen.«

»Er kommt nicht hin, er kriegt keine Luft, auf der Kirmes verliert er beim Sackhüpfen immer.«

Laclope zieht die Knie an. Er legt sein Kinn darauf, läßt Coinson sein, der sich beim Gehen jetzt die Seite hält. Er schaut zum Himmel hinauf: »Dieses Jahr wollen sie beim Fest wieder einen Kletterbaum aufstellen.«

»Hast du das von deinem Vater?«

»Ja, er muß ihn holen und aufstellen.«

»So ein blödes Ding«, sage ich, »besonders wenn er eingeseift ist.«

»Wir werden uns kaputtlachen. Die Alten sind bestimmt wieder besoffen und wollen alle rauf, die lassen uns nicht mal in die Nähe.«

Er lacht, kugelt durchs Gras und bleibt auf dem Bauch liegen. Er hält sich die Hände wie ein Fernglas vor die Augen.

»Na ja«, entgegne ich ihm, »was sollen wir damit zu tun haben, bloß um ein paar Flaschen Sekt oder Räucherschinken zu gewinnen...«

Ich mache es ihm nach und kugle durchs Gras. Wir liegen auf dem Hügelkamm geduckt in der Sonne, zwei Blaufußindianer auf der Lauer im Himmelseck.

»Die Bullen gehen«, sage ich. »Sie haben in der Mühle nichts gefunden, sie marschieren wieder zum Rathaus.«

»Die sind zu blöd, aber für den alten Coinson ist es gut, da braucht er nicht so weit zu laufen.«

Laclope sperrt die Augen auf, mit erstaunter Stimme sagt er: »Ach nein, schau sich das einer an, er will gar nichts von ihnen!«

Laclope macht die alte Lavelange nach: »Das ist eine Sache unter uns, den Leuten vom Dorf...«

Er ist aufgestanden und tut so, als würde er den alten Karren schieben; über die Deichsel gebeugt wiederholt er: »Das ist eine Geschichte unter uns... Das geht keinen sonst was an...«

Er wühlt in dem Karren herum, hebt Gegenstände hoch und läßt sie an seinem ausgestreckten Arm baumeln. Dann wirft er sie zurück und zwickt dabei mit der anderen Hand seine Nase zusammen: »Nichts als drekkige Wäsche bei uns, Wäsche, in die wir selber reingeschissen haben...«

Er richtet sich wieder auf, stellt sich, die Hände zur Verteidigung erhoben, vor den Wagen und brüllt: »Solange ich lebe, steckt da keiner seine Nase rein!«

Er dreht sich zum Tal, knöpft sich die Hose auf und schreit: »Ich piss auf euch und auf die ganze Welt!«

Plötzlich ruft er: »Ach Scheiße, schau dort!«

»Was ist denn, ist er dir ins Gras gefallen?«

»Laß den Stuß, schau, der Braille-Conin, da unten...«

»Wo denn?«

»Dort, verdammt, zwischen den Weiden...«

Ich sehe das Knäuel des Fellmantels von Braille-Conin. Er hockt im hohen Gras, die Sonne schlägt aus seinem Fernglas Blitze. Er späht einer Frau nach, die auf dem Weg daherkommt. Sie bückt sich ab und zu und pflückt etwas.

Laclope kneift die Augen zusammen: »Das muß die Große von den Lalevées sein... Marcelle... Die sammelt Kräuter für die Apotheker.«

»Genau, das ist ihr Gang, sie sieht immer so aus, als ob sie gleich ein Hühnchen mit jemandem rupfen wollte.«

»Sie hat ihn nicht gesehen.«

Kaum zwei Meter vor Braille-Conin bleibt sie stehen. Sie kehrt ihm den Rücken zu. Sie bückt sich, um ein Kraut zu pflücken.

Brüllend springt Braille-Conin sie an. Sie schwankt, sie fällt hin, ihr ganzes Zeug – der Korb, die Kräuter und Blüten – fliegt um sie herum. Braille-Conin dreht sie auf den Rücken und schiebt sich unter ihr Kleid, das dabei zerreißt. Er zieht große Stoffetzen ab, stößt mit seinem Kopf zwischen ihre Schenkel, bäumt sich auf seinen Füßen auf, so daß sie sich in die Erde wühlen. Seine Arme dreschen in sämtliche Richtungen, seine Hände packen ihre Beine, versuchen sie hochzuhalten, noch weiter zu spreizen. Er grölt, wir hören ihn bis hierher.

Plötzlich trifft ihn Marcelle mit den Füßen voll ins Gesicht, blitzschnell, und mit den Fäusten auch. Sie hat das Fernglas gepackt und schlägt ihn damit, steht auf, reißt sich los von ihm und den Kleiderfetzen. Sie tritt ihn, zielt auf den Kopf, dreht sich im Kreis. Er hängt sich wieder an ihren Fuß, sie zerrt ihn mit, schüttelt ihn, stößt ihn bei jedem Schritt.

Plötzlich hält sie nichts mehr, sie rennt auf dem kleinen Weg davon und überquert im Zickzack das Feld des alten Coinson. Ihr Schlüpfer bildet auf der gepflügten Erde einen weißen Fleck, der wie ein Kaninchenarsch aussieht.

Wir sitzen auf der Brücke und lassen die Beine ins Leere baumeln, unser Muffometer steht auf Null. Wegen der Sachen, die wir nicht sehen konnten, als wir die Superlampe Zeusblitz noch nicht hatten. Laclope hat sie aus dem Transporter des Eisenwarenvertreters geklaut, als der im Krämerladen Teppichkehrer vorführte.

Es ist eine spezielle Petroleumlampe mit einer kleinen Handpumpe, die das Petroleum erst komprimiert und dann zerstäubt. Damit sehen wir zehnmal mehr. Wir sehen das verrottete Alteisen, die geplatzten Bohlen, die absackenden Felsen und das Wasser des Sturzbachs, der auf dem Grund des Brunnens wirbelt. Laclope schaukelt mit den Beinen, seine Füße verschwinden unter der ebenfalls schaukelnden Brücke und kommen wieder vor. Ich bewege mich kaum, krampfe mich eher zusammen.

»Das ist ganz schön tief«, sage ich, »das muß das Wasser sein, das früher in die alten Wasserspeicher geflossen ist...«

»Genau, es ist versickert, und als sie es wiederentdeckten, haben sie die neuen gebaut...«

Laclope beugt sich so weit vor, wie er kann: »Irgendwann müssen wir mal nachschauen, wie es da unten ist.«

»Es ist dunkel, und von dem Wasser geht die Lampe aus.«

»Uns wird schon was einfallen, wir werden unterirdische Kosmonauten.«

Ich stehe auf, steige über ihn und springe auf das andere Ufer. Ich habe keine Lust, mich da unten umzusehen, noch nicht. Laclope kommt mir nach, er sagt, wir schauen uns das später an, ein ganzer Untergrund wartet auf uns. Und der Römerschatz. Das ist so eine Idee von ihm: ein geheimer Römertempel.

Mich würde das überraschen. Die Römer haben keine Pappkoffer und Schuhe hinterlassen, wie wir sie in der anderen Abzweigung gefunden haben. Das ist vielleicht auch egal, es waren eher Leute, die nach ihnen da waren, aber dann hätten sie längst alles mitgenommen.

Der Tunnel ist immer noch wie vorher, aber trockener, es liegt nichts herum. Außer Staub. Er wirbelt auf, steigt in die Luft, setzt sich wieder. Wir gehen auf Steinplatten. Wortlos arbeiten wir uns voran. Die Stille hält uns gefangen, das Echo des Bachs hat sich in den Windungen des Gangs verloren. Und auch die vielen Steine, die ganz sauber zugeschnitten sind, regelmäßig, so weit unter der Erde, bringen uns zum Schweigen, ich kriege allmählich sogar ein flaues Gefühl im Bauch. Es kommt von den Zwischenräumen zwischen den Steinen, den düsteren Mörtelstreifen, die sich vor uns in die Dunkelheit erstrekken. Sie ziehen uns an, saugen uns an, wir können gar nicht anders als weitergehen. Wir befinden uns im Gedärm eines Bauches. Laclope bleibt stehen. Er will umkehren, er hat seine Lampe abgestellt, ist in die Hocke gegangen, hält die Arme um die Knie geschlungen. Ich höre ihn kaum: »Ich hab zuviel Schiß…«

Er ist käseweiß. Auch ich sterbe fast vor Schiß, aber

umkehren will ich nicht, das ist bestimmt schlimmer. Das würde dem Gewölbe gar nicht passen.

»Wir sind fast da«, antworte ich, »wir werden doch jetzt nicht aufgeben.«

»Ich kotz gleich.« Er schaut sich um.

»Scheiße«, sage ich, »mir geht's genauso.«

Er hält sich den Bauch, als ob der gleich abhauen wollte, und in meinem Bauch gurgelt es so sehr, daß ich bald explodiere.

Wir robben so weit wie möglich von der Lampe weg, jeder auf einer Seite. So weit ins Dunkle, wie wir uns trauen. Und wir reihern.

Laclope fängt an zu lachen, er kommt ins Licht zurück. »Das muß der Hase sein... er war zu weit verwest...«

»Und wir haben ihn nicht lang genug gebraten«, antworte ich. »Ich hab noch ganz rohe Stücke gehabt.«

Ich hebe die Lampe auf, und wir ziehen weiter. Wir laufen noch ein gutes Stück, fast die ganze Zeit bergauf. Das Licht geht uns voraus, es strahlt immer die gleichen Wände an, das gleiche Dach aus Stein. Und mit einemmal öffnet sich der Gang ganz weit zu einem Raum wie eine Kapelle, mit Säulen, einem Brunnen in der Mitte und einer Treppe auf der anderen Seite.

Einen römischen Schatz haben wir nicht gefunden. Aber das Skelett eines Toten. In einem kleinen Raum hinter der Treppe. Auf einer Bretterpritsche zusammengekrümmt wie ein Abzugshebel, vertrocknet wie eine Mumie. An manchen Stellen weiß man nicht, ob es Haut- oder Kleiderfetzen sind. Er ist grau vor Staub, sogar die roten Haare sind unter dem Staub kaum noch zu erkennen. Der Pistolenlauf, den er gegen seine Brust hält, steckt zwischen den Rippen.

Laclope und ich stehen wie angewurzelt da. Wir schauen uns um, ohne etwas anzurühren.

Da sind Regale mit grauen Konservenbüchsen, ein Tisch voller Papiere, zwei Stühle, an die Wand gestellte Waffen, Kisten mit den Deckeln daneben, ein löchriger Teppich auf dem Boden. Auf einem zweiten Feldbett liegen zusammengefaltete Decken, Kleider, ein aufgeklappter Koffer voll kleiner Schachteln. Da und dort stehen Flaschen, gegen eine andere Wand sind Kanister gestapelt, von einem Haken an der Deckenmitte hängt eine Petroleumlampe. Überall diese Staubschicht mit nichts als unseren Spuren, die bis zu unseren Füßen in der Mitte des Raumes reichen.

Laclope hat eine ganz flaue Stimme, die die Stille kaum stört: »Was macht der da?«

»Keine Ahnung, jedenfalls ist es kein Römer…«

Meine Stimme klingt genauso: als ob ich ein Kissen im Mund hätte.

»Er ist tot.«

»Er kann uns nichts tun.«

»Genau«, meint er und weicht zurück.

Sein Licht verschwindet mit ihm. Ich weiche ebenfalls zurück.

Und wir bleiben mit den Schultern in dem schmalen Eingang hängen.

Wir stellen uns an wie die Blödmänner, stecken zu zweit zwischen den Steinen fest, aber das ist nicht einfach ein Toter. Das ist ein Toter, der noch lange nach seinem Tod gelebt hat. Er hat jahrhundertelang gegenüber der Tür gelauert. Er kann uns mit seinen dreckigen Knochenkrallen packen, uns seine Finger in die Augen drükken, um uns das Gehirn auszukratzen oder uns das Herz aus dem Hals zu reißen oder noch Schlimmeres.

Je mehr Laclope schiebt, um sich loszumachen, um so mehr pumpt er die Schultern auf – und um so mehr blokkiert er uns. Aber ich habe zuviel Schiß, um etwas zu sagen. Jedenfalls atme ich nicht mehr. Er versucht, sich umzudrehen, meine Füße berühren den Boden nicht mehr, ich hänge zwischen ihm und der Wand. Die Lampe verbrennt uns das Gesicht. Wir sind schweißgebadet.

Laclope knurrt: »Bei drei!«

Er zählt, und bei drei brüllen wir, drücken mit ganzer Kraft und kommen so mit einem Schlag los.

Wir nehmen sämtliche Stufen auf einmal, flitzen durch die Kapelle und mit einem Affenzahn in den unterirdischen Gang. Bestimmt rennen wir schneller als der Tote, er kann uns auf seinen Krallen mit den vertrockneten

Muskeln nicht einholen. Wir schreien alle beide derart, daß ich nicht mehr weiß, kommen die Schreie aus meinem Mund oder aus dem von Laclope. Es hallt so sehr, daß uns fast das Trommelfell platzt. Ich höre, wie uns fremde Schritte nachlaufen. Spitze Schritte, die auf den Platten klappern. Ich bin tropfnaß, der Schweiß brennt mir in den Augen, ich kreische ununterbrochen, ohne Luft zu holen.

Unsere Schreie laufen, sausen durch den Gang. Zwischen den blitzschnell vorbeirasenden Wänden werden wir in den Schreien zerrissen, zerfetzt, schneller davongetragen, als wir rennen. Um uns herum wird alles immer dunkler. Gleich platzen unsere Lungen. Wir verbrennen innerlich.

Ich stolpere in Laclope hinein. Er ist abrupt stehengeblieben, klammert sich mit den Händen an die Wände. Er brüllt: »Scheiße, Scheiße, verdammte Scheiße... Die Lampe!«

Wir haben kein Licht mehr. Die Lampe ist ausgegangen, sie hat geknistert, und die Flamme ist im Docht verschwunden.

Ich versuche, sie wieder anzuzünden, ich mache die Hälfte der Streichhölzer kaputt, aber es ist zwecklos, wir haben kein Petroleum mehr.

Da sitzen wir schön in der Tinte. Hier kommen wir nie wieder raus.

Neben mir krabbelt Laclope. Bei jedem Schritt stöhnt er auf und stellt seine Lampe vor sich ab. Wir konnten sie nicht zurücklassen, auch wenn sie nicht mehr brennt, ist es doch eine Lampe. Ohne sie wären wir völlig erledigt, mit dem Toten hinter uns, der auf seinem Bett hockt, am anderen Ende der Schnur aus Angst, die uns mit ihm verbindet.

Vor uns liegt Dunkelheit, wir erkennen nichts mehr. Nur die Platten, die wir nacheinander unter unseren Bäuchen entdecken und die sich an die anderen hinter uns fügen. Immerhin sind wir gerade eben aus der anderen Richtung gekommen. Aber das ist tausend Jahre her, und wir hatten Licht.

Mit flach ausgestreckten Händen taste ich mich vor. Ich spüre den Plattenrand, den Streifen Erde und den Anfang der nächsten Platte. Wir können weiterkriechen. Im Liegen können wir nicht fallen. Anfangs sind wir auf allen vieren gekrabbelt, aber das hat nicht lang gedauert.

Laclope hört auf zu stöhnen, er sagt, ich soll lauschen. Wir hören das Donnern des Sturzbachs. Wir sind noch weit weg, sagt er, wir können aufrecht gehen, bis wir ihn deutlicher hören.

Ich stehe auf, wir gehen mit ausgestreckten Armen weiter, tasten uns die ganze Zeit an den Tunnelwänden entlang. Hinter einer Biegung wird der Lärm stärker, immer lauter.

»Ich laß es jetzt sein«, sagte Laclope, »ich krieche wieder.«

»Ich auch.«

Wir spüren die Feuchtigkeit. Der Lärm ist sehr laut, tief. Wir halten es nicht mehr aus, wir legen uns wieder flach auf den Bauch. Wir kriechen weiter, Platte für Platte. Und wir berühren die Bohlen.

Jetzt müssen wir über die Brücke. Aber das ist nicht so schwer, wir wissen, wie sie gebaut ist. Zwei breite Bretter nebeneinander. Einer hinter dem anderen krabbeln wir auf allen vieren darüber. Es schaukelt ein bißchen. Ich reiße die Augen so weit auf, daß es mir vorkommt, als ob ich keine mehr hätte. Immerzu kontrolliere ich den Rand der Bohlen.

Hinter mir seufzt Laclope. Unter uns schäumt das Wasser zwischen Steinen und verbogenem Alteisen. Ich richte mich auf, Laclopes Kopf stößt mir zwischen die Beine. Um mich wirbelt eine Menge Lichtpunkte, ich drehe mich mit ihnen im Kreis. Ich weiß nicht mehr, in welche Richtung ich gehen muß. Ich kann einfach nicht mehr, ich gehe weiter, damit es endlich aufhört, sogar wenn ich damit auf den Toten zugehe, sogar wenn er gewonnen hat. Laclopes Hecheln folgt mir mit jedem Schritt, seine Wärme heftet sich mir an die Knie. Ich komme an die Wand, zu dem Haufen Bretter, die wir nicht für die Brücke benutzt haben.

Ich lache, ich bin auf der anderen Seite. Laclope klammert sich an mich: »Du spinnst, so zu lachen...«

Er zittert am ganzen Körper, sogar die Glasglocke der Lampe, die er an sich drückt, wackelt. Wir sind aneinandergeschweißt, lehnen an der Mauer.

»Er kann uns nichts mehr tun«, sage ich, »wir sind auf der anderen Seite.«

Wir laufen los, jetzt kennen wir uns gut aus. Nach der Abzweigung geht es wie von selbst.

Im alten Wasserspeicher ruhen wir uns aus. Wir setzen uns an die Asche des Feuers, auf dem wir den Hasen gebraten haben. Vor uns liegt der Verhau aus Gestrüpp und Zweigen, hinter dem sich der Eingang zur Grotte verbirgt. Die Sonne scheint hell, draußen ist die Zeit nicht so schnell vergangen wie unter der Erde. Ich lege Zweige auf die Glut. Flammen springen auf, ich lege Holz nach.

Wir sagen nichts. Unsere Blicke verlieren sich im Gluthaufen unter der Helligkeit der Flammen. Zwischen den Häusern, auf den schmalen Straßen und gewundenen Treppen verkehren die fast unsichtbaren Bewohner, gekleidet in kleine blaue Blitze. Sie beschützen uns vor allem, weil wir sie sehen und ihnen Holz nachlegen.

Laclope holt kleine Kärtchen aus seiner Tasche. Personalausweise, Papiere, Visitenkarten, mehrfach gefaltete Briefe. Er hat sie im Davonrennen aus dem Koffer mitgenommen. Er greift immer mit einer Hand nach etwas.

Im Sonnenlicht neben dem Gestrüpp können wir lesen. Es geht nur schlecht, das Papier ist vergilbt, brüchig. Alles ist auf einer uralten Schreibmaschine getippt. Es gibt Buchstaben, die wir nicht kennen.

Laclope zeigt auf die Namen auf den Papieren, die er wie einen Fächer aus Spielkarten in der Hand hält: »Das müssen die Leute mit den Koffern gewesen sein und mit dem ganzen Zeug, das wir gefunden haben ...«

Er legt seinen Finger auf jeden Namen. Er buchstabiert:

»Radovski, Joseph.

Boulgakonov, Hanna.

Laplante, Aimé.

Heyme, Victor.

Und da ist eine ganze Familie.«

Ich nehme einen Brief. Der Umschlag ist nicht mehr zugeklebt, der Leim ist eingetrocknet, er fällt in feinen Schuppen ab. Ich falte den Brief auf und lese den Anfang:

Meine liebe Esther,
unser Alptraum geht bald zu Ende. Es steht außer Zweifel, daß die Freunde, die uns empfohlen wurden, zuverlässig sind. Du kannst mit den Kindern zu uns kommen, wie vereinbart, wenn die Dinge so laufen, wie wir es uns wünschen. Ich denke unablässig an euch und gratuliere mir zu dem Entschluß, den wir gefaßt haben. Ich bewahre euch in meinem Herzen, und trotz der schrecklichen Prüfungen, die wir durchmachen mußten…

Ich höre auf zu lesen. Es ist, als ob ich in das Innere eines Menschen schauen würde, der gerade nicht hersieht. Und außerdem hat sich die Schrift vom Papier gelöst. Sie schwimmt in meinem Kopf. Sie zerbröselt und zerfällt zu Staub. Jedes Körnchen legt sich auf die Haut der Eingeschlafenen Stille.

Für diesen Ort in meinem Kopf habe ich keine andere Bezeichnung. Ich gehe seit langem nicht mehr dorthin. Es ist nichts lebendig dort. Sobald ich den Gedanken fasse, dort hinzugehen, verschwindet er wieder, als würde man ihm ununterbrochen die Beine wegschneiden. Kleine Scheiben, eine nach der anderen, ganz schnell, lautlos. Und mir geht es gleichzeitig genauso. Nichts hält mich mehr, nichts ist mehr wahr, obwohl alles genauso vorhanden ist wie früher. Ich kann Dinge tun, mich darin bewegen, aber es ist wie im Nichts, und es gibt kein Vorher und Nachher mehr. Es ist eine Stille ohne Geräusche außen herum, die sie erzeugen. Eine leere Stille, eingeschlafen wie von der Betäubung bei der Mandeloperation und den Polypen. Es dreht sich alles, und man fällt in einen Brunnen, der selbst auch fällt.

Die Eingeschlafene Stille ist in einem Winkel meines Kopfs nicht sofort klein geworden. Anfangs war sie überall, und ich mitten drin. Und um in sie hineinzukommen, bin ich durch den Koffer gegangen. Nicht durch meinen kleinen Koffer mit den drei kleinen roten Kerzen darin, sondern durch den anderen, den meiner Eltern.

Im Zug hat meine Mutter mir die Namen der Bahnhöfe genannt, und mein Vater ist mit mir im Gang gelaufen. Wir haben versucht, schneller zu rennen als der Zug. Zwischen zwei Waggons sind wir auf den schwankenden Eisenplatten stehengeblieben. Durch die Löcher konnten wir die Schienen und Schwellen ganz schnell vorbeiflitzen sehen. Es hat schrecklichen Krach gemacht, und ich habe geglaubt, in der Gewalt des Zuges zu sein. Ich habe gefragt, ob wir beim Zurückfahren durch dieselben Bahnhöfe kommen würden, und meine Mutter sagte: Ja.

Wir sind zwei Tage lang bei Irène und Robert geblieben; es war mein Geburtstag. Irène hat einen Schokoladenkuchen gebacken, und mein Großvater hat mir seine Spieluhr gezeigt, in seinen Räumen im ersten Stock.

Als ich wieder hinuntergegangen bin, habe ich überall meine Eltern gesucht, aber nur ihren Koffer gefunden. Er war mit meinen Sachen vollgestopft, mit meinem Teddybär. Ich habe mich in den Koffer gesetzt, den Deckel über mir zugeklappt und bin in die Eingeschlafene Stille versunken. Ich bin überall kalt geworden, und die Dinge wurden klein und wie aus Papier, vor allem die Bodendielen. Ich hätte jeden Moment durchbrechen und verschwinden können wie meine Eltern.

Irène war nett, sie hat gesagt, ich bin das Kind, das sie nie bekommen wird. Robert hat mir ab und zu Briefe von meiner Mutter vorgelesen. Aber sie waren nicht von meiner Mutter. Sie hat geschrieben, daß sie mich abholen kommt, aber gekommen ist sie nie. Das konnte sie auch nicht, weil sie ja da war, irgendwo unter dem Fußboden, mit meinem Vater gefangen in der Eingeschlafenen Stille.

Mein Großvater hat mir immer wieder gesagt, daß ich schön bin, daß ich meiner Großmutter ähnle, die im Krieg gestorben ist. Er hat mir ihren großen Strohhut mit den Bändern aufgesetzt und mich angesehen.

Sie haben mich mit dem Auto nach Hause gefahren zu einem anderen Geburtstag von mir, ich hatte fünf Kerzen in meinem Koffer.

Meine Eltern waren nicht die richtigen, es war, als ob sie falsch waren, und meine Mutter hatte ein Baby auf den Armen. Sie war rot, das Baby auch, und alle übrigen dazu. Es war sehr heiß, das ganze Haus war wie aus Papier. Überall konnte man durch Sachen hindurchfallen, und als sie mich berührten, da habe ich nichts gespürt.

Meine Mutter hat mich geküßt, und ich habe den ganzen Tag geweint, weil ich nicht wußte, wo sie ist, irgendwo unter dem Fußboden von Irènes Haus, in der Eingeschlafenen Stille.

Auch dieser Brief ist an Leute in der Eingeschlafenen Stille gerichtet. Das erkenne ich an der Färbung der Wörter, an der Färbung der leisen Stimme in der abgelösten Schrift, die in meinem Kopf schwimmt.

Vorsichtig falte ich das Blatt zusammen, weil in jedem Wort etwas steckt, was Schmerzen haben kann, etwas, was auf meine Finger bluten und sie auflösen kann.

Ich schaue durch meine Finger. Ich schaue durch den Brief. Es riecht nach der vergammelten Pappe des Koffers, nach meinem Teddybär, der rauhen Sanftheit seines harten Fells an meiner Backe. Ich verknittere wie eine Papierkugel. Ich mache viele Knicke in meinem Innern. Ich bin nicht mehr größer als das kleine Stück meiner Backe, das den Teddybär berührt.

Ich bin nur noch in diesem Stück Backe, so klein, so weit verschwunden, daß ich nicht einmal mehr Lust zum Weinen haben könnte.

»Was fangen wir damit an?«

Als ich Laclopes Stimme höre, setze ich mich um seine Worte herum nach und nach wieder zusammen. Ich muß unsichtbar sein, sonst würde ich seine Worte verstehen. Aber ich verstehe nichts. Ich sehe die kleinen blauen Wesen in den Straßen des Glutdorfes und spüre Laclopes Stimme wie einen großen Himmel über mir. Ich steige die gewundenen Treppen hinunter, zwischen den brennenden Häusern, und gehe über die Aschestufen. Die kleinen Wesen bleiben am Feuerrand stehen, sie raffen ihre blauen Umhänge um sich, sie sind sehr sanft und still. Sie haben keinen Blick, aber sie schenken mir mit ihren kleinen Abschiedsgesten so viel Sanftheit, daß es mir vorkommt, als hätte ich Tränen in den Augen.

»Was fangen wir mit all den Papieren an?«

Die kleinen Wesen im Feuer sind weitergegangen. Ich sehe noch ihre spitzen Umhänge; sie hüpfen am Ende einer Gasse, die sich vor ihnen öffnet, rauf und runter.

»Pennst du, oder was?«

»Ich weiß nicht, ich hab mir das Feuer angeschaut.«

Laclope hat die Papiere zu einem ordentlichen Häufchen aufgeschichtet, er nimmt mir den Brief aus der Hand und legt ihn darauf.

Ich schaue noch immer das Feuer an. Die kleinen blauen Wesen sind verschwunden. Unter dem Gewicht der Zweige verändert sich das Dorf, die Häuser stürzen ein, die Gassen schließen sich.

Laclope hält mir das Papierbündel hin.

»Wenn die den Leuten mit den Koffern gehören«, sage ich zu ihm, »dann müssen wir sie zurückgeben, sie wieder zurücklegen, falls sie wiederkommen.«

Er zeigt auf die Höhle um uns herum: »Sie sind tot, sonst wären sie schon längst wiedergekommen ... Es wäre nicht alles so geblieben ...«

»Vielleicht sind sie zu weit weg, vielleicht können sie nicht gleich zurück ...«

»Wenn einer zurückgekommen wäre, dann wär der Tote nicht mehr da, man hätte ihn nicht so liegenlassen.«

»Ja«, sage ich, »sie kommen nicht wieder.«

Ich stehe auf, nehme Laclope das Paket aus den Händen.

Unten sind Fotos. Eins von der Familie auf einem Flugfeld mit einem dicken Luftschiff im Hintergrund. Und andere, wild durcheinander, mit gezackten Rändern, die sich ineinander verhaken.

Laclope sagt, wir schaffen ihnen ein Plätzchen neben der Steinschleuse. Er putzt den unteren Teil einer Platte ab, die an der Wand lehnt. Er reibt mit seinen flachen Händen, macht die Erde und das abgestorbene Laub los.

Als die Oberfläche sauber ist, legt er die Papiere, den Brief und die Fotos darauf. Ich lege einen dicken flachen Stein darüber; er ist rundum behauen und sollte wohl der Fuß einer Säule oder eines Pfeilers werden.

»Wir stellen Kerzen für sie auf«, sage ich und trete ein Stück zurück, »das gehört sich so.«

»Genau, wir klauen in der Kirche welche für sie, ganz große, die lange brennen.«

Der alte Ramoljean hat sich erhängt. Die Scheune von Grand-Beaumont ist abgebrannt. Die Polizisten haben Laclopes Mutter besucht, um herauszukriegen, wem sie Kartoffeln verkauft. Aber im Augenblick verkauft sie keine.

Die Totenkopfkartoffeln sind alt, der Rest vom Wintervorrat, solche haben alle Leute im Keller. Auf der Polizeiwache müssen sie davon jetzt mindestens eine Tonne haben.

Darüber lachen Laclope und ich. Sie müssen sie als Beweis aufheben, und bald kommen sie in ihre Wache nicht mehr rein. Dann ist sie nämlich voller Kartoffeln. Dann haben sie gekeimt, sind verfault, haben durch die Fenster raus Blätter getrieben und neue Kartoffeln hervorgebracht, und die keimen dann auch wieder.

Wir sitzen oben auf unserem Hügel. Unten bei der Wehrspitze sind Diesel und die Ameisen. Sie spielen mit dem Luftschlauch des Traktorreifens herum, auf dem Stauwasser. Aber vor den Schleusen machen sie immer Halt. Sie haben zuviel Schiß, um es uns nachzumachen.

Kosmonaut zu werden ist eine Sache des Trainings. Ein Lottospiel. An der Wehrspitze gabelt sich der Fluß. Auf der einen Seite befinden sich die offenen Schleusen mit ihren Wasserfällen, und auf der anderen ist die Einfahrt zum Kanal. Man setzt sich auf den Luftschlauch, läßt sich mit verbundenen Augen davontragen, und je nach der Strömung kommt man entweder unter den Wasserfall oder auf den Kanal.

Laclope und ich haben das drei- oder viermal gemacht. Am besten ist der Wasserfall.

Heute machen wir nichts, wir sind kaputt. Drei Tage sind wir Isnichwahr mit seinem Lieferdreirad gefolgt. Ohne daß er uns gesehen hat. Er hat sich nichts zu sagen getraut. Er hat seine Pakete und Briefe ausgetragen, ohne mit jemandem zu sprechen. Sogar abends an seinem Postschalter im Rathaus, wenn die Murail ihn besucht, sagt er nichts. Sie scheinen nicht so recht beieinander zu sein, Monsieur Mangerolle, sagt sie zu ihm und wackelt dabei auf ihren hohen Absätzen mit dem Arsch. Sie versucht, ihm alles aus der Nase zu ziehen, während sie den Kräutertee trinken, den sie jeden Abend nach Schalterschluß macht. Sie glaubt, es liegt an den Totenkopfkartoffeln und an der ganzen dreckigen Geschichte. Das tut allen weh, sagt sie, mir auch, ich bin ganz durcheinander davon ... Er antwortet nicht, aber er ist auch ganz durcheinander.

Wir hatten nicht vorausgesehen, daß es so kommt, es war bloß ein Streich von uns; so führen wir uns doch immer auf. Aber es ist ein Bombenerfolg. Nur daß das keiner weiß. Trotzdem ist es einer unserer besten Streiche.

Eines Morgens haben wir den alten Mangerolle in seinem Garten gesehen, er hatte eben fünf Reihen Lauch angepflanzt. Er stand da, auf seinen Harkenstiel gelehnt, wie auf den großen Bildern unter dem Motto »Frankreich, an die Arbeit«, die Lalumière an die Tafel heftet und die aus dem Ersten Weltkrieg stammen.

Am Nachmittag haben wir dem alten Mangerolle alles

umgepflanzt. Wir haben den Lauch an die Stelle der Salatköpfe gesetzt und den Salat an die Stelle des Lauchs. Ganz gerade, ganz ordentlich und geharkt, wie er es gemacht hatte.

Dann haben wir bis zum Abend gewartet, um zu sehen, was er für ein Gesicht macht; wir wurden nicht enttäuscht.

Er ist in seinem Garten hin und her gelaufen, vom Lauch zum Salat, er hat sich immer wieder gebückt, ein Blatt angefingert, die Erde drum herum abgetastet, ist wieder aufgestanden. Er hat gesagt: Ich bin mir aber doch sicher, bestimmt... Und dann ist er wieder zum Lauch zurück, um drum herumzukratzen, und dann hat er dauernd gesagt: Is nich wahr, is nich wahr, is nich wahr...

Darum nennen wir ihn Isnichwahr. Die anderen wissen nicht, warum. Er erzählt keinem, daß sein Lauch von allein spazierengeht, wenn er ihm den Rücken kehrt.

Laclope sieht nach den Kartoffeln, die im Feuer im Schutz des breiten Felsens hinter uns rösten. Wir haben uns auch eine Hütte gebaut mit einem Lager aus Farnkraut darin und dem Apfelvorrat, den wir von unserem Beutezug mitgebracht haben.

Unten pflanzt der Vater von Laclope den Kletterbaum zwischen den Schaustellern, die gerade ihre Buden aufbauen. Wir sehen die rotweißen Lastwagen, den Schießstand und das große flache Ding, das muß der Autoskooter sein.

Im Friedhof hinter der Kirche schaufelt mein Vater das Grab für den alten Ramoljean. Der Pfarrer wird keine Messe für ihn lesen. Er hatte kein Recht, sich umzubringen. Mein Vater hat gesagt, die Gewissensbisse haben ihn umgebracht, und der Vater von Laclope, daß das Gewicht seines Gewissens ihn nach unten gezogen hat.

Ohne Messe wird es keine richtige Beerdigung. Normalerweise tun alle so, als wäre es kein Selbstmord, und es gibt eine richtige Beerdigung mit Kirche. Aber hier geht es um was anderes, es steckt mehr dahinter, wie mein Vater gesagt hat – die Kartoffeln und alles übrige. Außerdem meinte Diesels Vater, der Ramoljean kriegt vielleicht keine Messe, aber Särge hat er genug, weil er ja vor seinem Tod fünf bekommen hat.

Laclope setzt sich mit einem aufgespießten Bratapfel neben mich. Er gibt mir auch einen, beißt in seinen und zeigt mit dem Spieß auf die Kirche.

»Dein Vater und meiner, die graben beide, aber sie pflanzen nicht das gleiche...«

»Genau, mein Vater pflanzt bestimmt keine Schinkenbäume.«

Wir essen unsere Äpfel und schauen unseren grabenden Vätern zu, jeder auf einer anderen Seite der Kirche.

»Die Zwerge aus den Märchen«, sage ich, »die sind vielleicht so was.«

»Was, so was?«

»So was, wie das, ganz kleine Väter wie Spielzeug, die graben, die sich um ihr Zeug kümmern, auf ihre Art, die mit uns nichts zu tun haben.«

Laclope benutzt seinen Spieß als Schleuder und schnellt seinen Apfelbutzen weit fort, Richtung Kirche.

»Genau, aber die da, die haben was mit uns zu tun...«

»Ich weiß«, antworte ich, »aber so könnten wir sie

wenigstens nach Lust und Laune zerquetschen, mit einem einzigen Fuß.«

»Meine Fresse... Wie die glotzen würden... Wie groß der Schuh wär!«

Er steht auf, hebt einen Fuß hoch, als ob er etwas zertreten wollte.

»Da brauchst du einen Fuß, zweimal so groß wie der Kirchplatz.«

»Einen Nagelschuh, um mit dem ersten Tritt ganz sicher zu gehen.«

»Wir könnten ein Raumschiff in Schuhform haben, später mal, wenn wir Kosmonauten sind...«

»Genau, einen Riesenschuh, so breit wie ein Dampfer. Mit Mahlsteinen um die Sohle und Spitzen in der Mitte.«

Laclope zeigt auf die Zwerge da unten.

»Meine Fresse, die wären platt wie Flundern...«

Wir bleiben nicht lange allein. Bérénice, Diesel und mein Bruder kommen, Diesel vorneweg. Er macht immer noch irgendwas als Blaufußzeichen. Während er noch herumnuschelt, setzt Bérénice sich zu mir.

Diesel fragt: »Habt ihr Braille-Conin nicht gesehen? Er ist jetzt schon seit acht Tagen verschwunden, seine Großmutter sucht ihn überall.«

»Nein«, antworte ich, »wir waren auf einem anderen Planeten.«

Laclope zeigt auf das Tal hinter sich: »Sie werden ihn schon irgendwo finden, er ist ungefähr dort drüben.«

»Genau«, entgegnet Diesel, »und wenn er nicht dort ist, dann ist er woanders.«

Er geht mit Laclope zu meinem Bruder. Der hat sich vor das Feuer gehockt und kümmert sich um die Äpfel.

Bérénice rührt sich nicht. Sie schaut zu den gegenüberliegenden Bergen. Sie besteht vollständig aus einem Block in Form ihres Körpers. Es ist, als ob sie kein Gesicht brauchen würde, sie ist überall, ohne sich zu rühren.

»Stimmt es, daß du weggehst?«

»Ja«, antworte ich.

»Für lange?«

»Das weiß ich nicht, mein Vater hat gesagt, für die sechste Klasse, über nachher hat er nichts gesagt.«

»Wo gehst du hin?«

»Zu meinem Onkel und meiner Tante, die wohnen mit meinem Großvater zusammen.«

»Du solltest ins Gymnasium gehen, in die Stadt, wie wir...«

Mehr sagt sie nicht. Der Himmel ist ganz blau mit einer einzigen kleinen Wolke in der Mitte. Ich sage: »Meine Mutter ist krank, es ist für sie zu anstrengend, wenn ich da bin. Und mein Onkel spricht Deutsch. Er hilft mir bei den Hausaufgaben.«

Am Feuer fuchtelt Diesel mit einem Bund Bratäpfeln auf Spießen herum. Mein Bruder schreit ihn an, er soll den Quatsch lassen, sonst fallen sie noch ins Feuer.

Bérénice beugt sich ein bißchen vor, sie hat den Kopf kaum gedreht: »Du kommst ja wieder.«

»In den Ferien, es sind zweihundert Kilometer.«

»Nur in den großen?«

»Nein, in den großen und in den kleinen.«

»Das ist weit.«

Diesel kommt mit seinen Äpfeln und Laclope mit seiner Feldflasche. Sie setzen sich zu uns, mein Bruder in die Mitte.

Die Wolke am Himmel ist verschwunden. Wir hören die Hammerschläge der Schausteller, die ihre Stangen aufpflanzen. Der Kletterbaum steht. Ganz oben am Rad flattern die Bänder. Am Baum lehnt eine große, von der Feuerwehr geborgte rote Leiter. Mein Vater ist verschwunden.

Auf der Straße fährt Lalumière mit einem Moped vorbei. Die Versicherung hat ihm weder für sein Auto noch für seine Garage etwas gezahlt, weil es ein Anschlag war. Um zu seiner Mutter zu fahren, hat er sich ein Moped gekauft. Sie sagt, daß er nicht ihr Sohn ist, weil der ein Auto hat, nicht so ein Benzinfahrrad.

An den Steigungen tritt er wie ein Gestörter in die Pedale, um raufzukommen, und im Gefälle schaltet er seinen Motor aus. Laclope sagt, daß ihm der Motor gar nichts nützt, daß der bloß da ist, weil er Lehrer ist und an seinem Fahrrad was extra haben will.

Plötzlich fährt er Schlangenlinien. Er knallt von einer Böschung zur anderen, und beim letzten Versuch schafft er es drüber.

Diesel sagt, daß ihm ein Reifen geplatzt ist, Laclope will einen Schuß gehört haben. Ich habe nichts gehört.

»Das ist doch alles Blödsinn«, sage ich, »der hat zuviel gebechert, das ist alles.«

Lalumière kommt aus dem Wäldchen heraus, in das er getorkelt ist. Er klettert die Böschung hoch. Mit einer Hand hält er sich den Kopf, mit der anderen was Schwarzes, das qualmt. Das muß wohl der Motor sein, der noch läuft. Lalumière purzelt auf die Straße, den Motor vor sich ausgestreckt. Er geht auf den Bahnübergang zu.

»Du siehst doch, daß er voll ist«, sage ich, »er geht immer noch Schlangenlinien.«

»Den zieht sein Motor«, meint Laclope, »jetzt erkennt seine Mutter ihn noch weniger, wo er nicht mal mehr Räder hat.«

Es ist fünf Uhr. Bérénice ist fort. Unten gehen sie alle nach Hause. Die, die auf dem Feld waren, und die, die wir nicht gesehen haben, weil sie sich versteckt haben, um den anderen nachzuspionieren. Die Polizisten verlassen das Rathaus, wo sie den Nachmittag zugebracht haben. Sie begegnen Isnichwahr auf seinem Dreirad.

Am Ende der Straße schließen sich die Bahnschranken. Lalumière verheddert sich in der Schranke. Die Polizisten werden ihn heimbringen.

An das Kriegerdenkmal gelehnt sitzen zwei Leichen. Der Braille-Conin und der Tote aus dem unterirdischen Gang. Überall ist Blut, und um uns herum rührt sich niemand mehr.

Laclope und ich sind am Boden zerstört.

Der Braille-Conin drückt den Toten an sich. Er hat ihm seinen Fellmantel über die Schultern gelegt und drückt ihn so fest, daß ihre Haare sich vermischen. Seine Augen sind zu, und sein Mund lächelt genauso wie der Tote, als ob dieses Lächeln ihn getötet hätte.

Das Blut läuft aus seiner zerschmetterten Brust, seine Hose ist voll davon und sogar seine kaputten Schuhe. Vor ihm breitet sich eine große Pfütze aus – bis zu seiner Hand, in der er einen Revolver hält.

Mir stockt der Atem, ich stehe wie angewurzelt auf dem Pflaster.

Die anderen betrachten die Blutspritzer, sie folgen ihnen mit den Blicken, ihre Arme baumeln, ihre Münder stehen offen. Sie wiederholen im Geist die Tat von Braille-Conin. Das schafft eine unsichtbare Mauer, vor der sie sich aneinanderdrücken. Sie erfüllt die Stille mit etwas Schlimmerem als dem Pulver, das wir in unsere Raketen stopfen.

Laclope stupst mich mit dem Ellbogen. Er macht das Zeichen Der-Tapfere-sieht-den-Adler-am-Himmel-während-die-Bisons-den-vorüberfahrenden-Zügen-nachglotzen.

Ich suche. Ich schaue neben Braille-Conin und sehe, was Laclope gesehen hat.

Jetzt geht's uns an den Kragen.

Um das Fernglas herum liegen die Fotos und Papiere aus dem unterirdischen Gang, ausgebreitet auf verwelkten Blumen und einer schwarzen Marmorplatte mit der Inschrift: Ewige Anteilnahme. Und die Superlampe Zeusblitz.

Laclope drückt mir mit aller Kraft den Arm zusammen: »Wir sind erledigt.«

»Der Tote aus dem unterirdischen Gang hat den Braille-Conin getötet«, sage ich, ohne die Lippen zu bewegen, »er hat ihn gefunden, und er hat ihn getötet.«

»Hauen wir ab, das wird Scheiße für uns ...«

Aber wir bleiben da wie angewurzelt.

Wir haben den Schuß während der Messe gehört, aber keiner hat mit der Wimper gezuckt. Laclope hat gesagt, das ist der Bürgermeister in seiner Festschärpe, der gibt mit seinen Fürzen den Startknaller zum Nationalfeiertag, dann haben wir in unsere Gesangbücher gekichert. Am Ende der Messe hat der alte Petitcolin den Pfarrer geholt, und beide sind rausgerannt.

Da stehen sie beide, stocksteif, vor den anderen, die sich mit ihrem ganzen Gewicht gegen sie drängen. Sie lassen die Köpfe hängen.

In dem Haufen murmelt einer: »Das ist der Braille-Conin, er ist tot ...«

Fräulein Murail stößt einen so spitzen Schrei aus, daß

ein Schauder durch sämtliche Schultern läuft und die Menge aufbricht.

»Er hat sich umgebracht... Auf dem Kriegerdenkmal... Und gleichzeitig hat er noch einen umgebracht!«

Der Pfarrer murmelt etwas Lateinisches und rennt in Richtung Straße; mitten zwischen den Chorknaben bremst er ab, breitet die Arme vor ihnen aus und deutet mit dem Kopf auf das Denkmal zurück. Er fängt an, ein Kreuzzeichen zu machen, reißt aber die Hand von seiner Brust und knallt sie Diesel auf den Schädel; der versinkt in seinem Chorhemd.

Der Pfarrer seufzt: »Das ist Gotteslästerung, etwas Entsetzliches vor den Menschen. Und... und im Angesicht Gottes!«

Er ballt seine Soutane mit beiden Händen zusammen, schwankt hin und her. Er ruft uns zu: »Geht auseinander, bleibt nicht da! Gott hat diesem Mann den Verstand genommen... Er war nicht Herr seiner Taten... Das ist das Werk des Bösen...«

Er springt hoch, rafft seinen schwarzen Rock zusammen und trägt ihn vor sich her, um so weit wie möglich davonzulaufen. Auf der Landstraße schreit er: »Der Gottseibeiuns! Das ist das Werk des Gottseibeiuns. Das ganze Dorf ist in der Gewalt des Gottseibeiuns!«

Die Murail fängt sich zwei große Ohrfeigen von Marie Coinchelot ein und bricht zu Füßen der alten Lavelange zusammen. Die läßt sie am Boden liegen. Ameisen werden von ihren Eltern angeherrscht, weil sie noch da sind und weil sie das hier nichts angeht.

Der alte Coinson sagt: »Wer ist denn der da?«

Die alte Lavelange geht auf den alten Petitcolin zu: »Es

hat hier immer nur einen mit so roten Haaren gegeben…«

Der alte Petitcolin preßt ein um Gottes willen heraus, und es ist so, als ob alle es sagen würden. Sofort fangen sie alle gleichzeitig an zu reden.

»Das ist Labreuche… Désiré Labreuche!«

»Der Marder!«

»Du lieber Himmel! Der Braille-Conin hat den Marder wiedergefunden…«

Jetzt treten sie vor, gehen an Laclope und mir vorbei, sie trampeln uns fast nieder, aber am Rand der Blutpfütze bleiben sie stehen. Sie trauen sich nicht, die Füße hineinzusetzen.

Der alte Coinchelot entdeckt die Papiere inmitten der Blumen, er ruft die anderen.

Aber ein Schrei nagelt sie alle auf der Stelle fest: »Bleibt da weg, rührt nichts an!« Das ist die Stimme vom großen Mandel: »Geht weg da… Weg da!«

Er treibt die Menge mit kräftigen Schlägen auseinander. Seine Bürgermeisterschärpe flattert ihm um den Bauch. Der völlig atemlose Pfarrer rast ihm hinterher, seine Hände fuchteln um seinen Kopf, als ob es kranke Vögel wären.

»Die Polizei ist verständigt, sie kommt gleich, es darf nichts angerührt werden!«

Der Bürgermeister stellt sich mit ausgebreiteten Armen vor die Toten, aber es hat sowieso keiner mehr Lust hinzugehen. Sie verdrücken sich flüsternd, ballen sich zu Grüppchen zusammen und entfernen sich, in ihre Gespräche vertieft, jeder in seine Richtung.

Auch Laclope und ich gehen weg. Bald sind wir dran.

Der Braille-Conin und der Tote aus dem unterirdischen Gang bringen uns mit ihrem blöden Lächeln um.

Und danach bringt mein Vater mich noch mal um.

Laclope bleibt stehen, an die Kirchenmauer gelehnt. »Was machen wir jetzt?«

»Keine Ahnung«, sage ich, »wir verduften, bevor sie uns umbringen.«

»Wenn wir verduften, dann sagen sie, daß wir's waren.«

»Wir haben nichts gemacht, wir waren's nicht.«

Auf der anderen Seite, ganz am Ende der Straße, überquert der blaue Polizeitransporter den Bahnübergang.

»Wir haben nichts gemacht«, sage ich, »also machen wir nichts.«

»Genau, wir machen nur das, was wir machen müssen.«

Wir gehen um die Kirche herum und kommen auf den Platz. Alle Kirmesbuden sind aufgebaut. Oben an dem höllisch eingeseiften Kletterbaum hängen Sektflaschen, ein großer Schinken, Freßkörbe und ein Wespenschwarm.

Wir gehen zu unserem Stand, dem mit dem Entenfangen. Dieses Jahr müssen wir schuften, und die Waffeln haben wir noch dazu. Der Vater von Laclope kann sich nicht um alles kümmern, er bedient schon den Ausschank zusammen mit meinem Vater, also helfen wir.

Die ersten Grüppchen sind schon da. Die Leute, die nicht in der Kneipe sind, stehen unter den Girlanden, die zwischen den Bäumen aufgehängt sind. Sie brüllen herum.

Am Stand mit dem Wurfspiel schreit der Klan der alten Lavelange lauter als alle anderen. Zwischen ihnen holpert ein Rollstuhl durch. Ein Hanswurst mit einem dick eingebundenen Kopf rappelt sich stöhnend auf.

Laclope versetzt mir einen Stoß in die Rippen. »Meine Fresse! Das ist Lalumière!«

»Scheiße, was hat der gemacht?«

Lalumière winselt wie ein Hund, dem jemand auf den Schwanz getreten ist, er richtet sich auf und schiebt den riesigen Verband weg, der ihm in die Augen gerutscht ist. Er schaut sich um und zieht eine Metallkrücke aus seinem Stuhl. Eine mit einer Gabel an einem Ende, auf der man den Arm abstützen kann, und einer schwarzen Gummikugel am anderen. Er hat nichts, um seinen Kopf zu stützen, aber es würde nichts schaden.

Der Stuhl rollt von allein an den Stand, und Lalumière geht fuchtelnd auf die anderen zu. Die weichen zurück, damit sie ihn besser sehen können. Vor einer Bank bleibt er stehen und stößt einen Seufzer aus.

Er wurde gestern abend aus dem Krankenhaus entlassen. Er hat ein Schädeltrauma.

»Kein Schädelbruch, aber fast... Ich hab ein Loch... Man hat auf mich geschossen«, stöhnt er. »Ein Reifen wurde von einer Kugel zerfetzt, in voller Fahrt...«

Er schüttelt seinen dicken weißen Kopf. »Die Polizei hat die Kugel gefunden, sie steckte in der Felge... Ich wurde haarscharf verfehlt. Jemand will mich umbringen, wer, das weiß ich nicht, aber irgend jemand will mich umbringen...«

»Ich weiß auch nicht wer«, antwortet ihm der alte Coinson, »aber sogar wenn sie dich verfehlt haben, so haben sie den alten Ramoljean erwischt, und gerade eben haben sie den Braille-Conin gekriegt...«

»Hä?«

Lalumière schwankt auf seinen drei Beinen und fällt um. Maimaine Georgeon fängt ihn im Flug auf und legt ihn auf die Bank.

»Er hat sich umgebracht. Wir haben ihn eben gefunden…« Der alte Coinson streckt zögernd den Arm aus: »Auf dem Kriegerdenkmal… Hinter der Kirche…«

Die alte Lavelange tritt näher, die Hände in ihrer großkarierten Schürze: »Und er war nicht allein!«

Wir haben uns hinter die Bank gestellt. Sie sehen uns nicht, sie schauen sich alle selbst in die Augen.

»Nicht allein? Hat er sich zu mehreren umgebracht?«

Lalumière bricht auf seiner Bank zusammen. Er begreift nichts, er betastet seinen dicken Verband. Die alte Lavelange geht zu ihm, pflanzt sich breitbeinig vor ihm auf, klimpert mit dem Schlüsselbund in der Tasche an ihrem Bauch: »Er hatte einen Verwandten von Ihnen dabei…«

»Ich habe doch keine Verwandten mehr… nur meine arme Mutter…«

Die alte Lavelange kichert, daß es genauso klingt wie ihre Schlüssel: »Ganz genau, mein Prinz, ganz genau…«

»Aber was reden Sie da… Um Himmels willen! Was soll das heißen?«

Die alte Lavelange antwortet nicht, sie gluckst, das Gesicht in ihrem Doppelkinn vergraben.

Der alte Coinson tritt vor, die Mütze in der Hand. Er schaut auf seine Füße: »Es ist Désiré Labreuche, er hat sich mit Désiré Labreuche umgebracht…«

»Der Marder… Mein Gott.« Lalumière fällt in Ohnmacht.

Alle stürzen zu ihm und fangen an zu kreischen.

»Schafft ihn nach Hause«, sagt die alte Lavelange und schiebt drei Leute zu ihm hin, »schafft ihn nach Hause, geht hintenrum... Die Polizei ist schon am Kriegerdenkmal...«

Sie drückt dem alten Coinson Lalumières Füße in die Hände: »Das bleibt unter uns...«

Der alte Coinson packt die Schuhe und zieht aus Leibeskräften.

Die beiden anderen machen sich ebenfalls ans Werk, und sie heben Lalumière hoch. Zu dritt tragen sie ihn weg, schmeißen ihn in seinen Rollstuhl und schieben ihn zwischen den Ständen durch.

Laclope und ich flitzen zu unserem Stand, wir müssen den Waffelteig vorbereiten, die Sangria überprüfen und die Enten ins Wasser setzen.

Die Ameisen spielen Sackhüpfen. Ihr Sonntagsstaat ist für sie wie ein zweiter Sack, vor allem für die Jungen. Die Mädchen haben es in ihren Rökken leichter. Der alte Coinson trägt keinen Anzug, er hat ihn wie üblich nach dem Gottesdienst ausgezogen. Er war schon ganz schön voll und hat es nicht geschafft, sein Hemd in die Hose zu stecken, weil er die Hosenträger vorne über Kreuz hat. Jetzt hat er links und rechts von den Oberschenkeln karierte Flügel, aber zum Fortfliegen ist er zu besoffen.

Er hatte einen mächtigen Start, hat aber die Strecke nicht eingehalten. Er wollte, daß man ihm die Hände an den Sack fesselt, damit er gehandikapt ist und beweisen kann, daß er nicht schummelt. Aber das braucht er gar nicht. Nach drei Hüpfern konnte er nicht mehr lenken, er ist schräg auf den Rand der Tanzfläche zugesteuert. Die zweite Ameise, die er umgeschmissen hat, ist sauer geworden und hat ihm den Sack über den Kopf gestülpt. Er konnte sich nicht wehren, er war gefesselt. Jetzt ist er blind. Gleich fällt er auf die Bretter; die anderen machen ihm Platz.

Noch nie waren so viele Leute auf dem Fest. Nachdem die Polizei weg war, haben sie sich in der Kneipe versammelt, der Bürgermeister, der Pfarrer und viele andere. Sie haben sich eine Zeitlang rumgestritten, sind sich aber trotzdem einig geworden. Keiner weiß was über den Braille-Conin und alles übrige, das Fest muß laufen, als wäre nichts gewesen. Die Sache geht niemanden was an, und je weniger darüber geredet wird, um so besser für alle.

Dafür braucht man nicht zwei Stunden lang in der Kneipe zu hocken, hat Laclope zu mir gesagt. Es bleibt alles beim alten, habe ich geantwortet... Nur daß sie den Nachmittag jetzt hackedicht verbringen und daß für zwei oder drei das Feuerwerk schon angefangen hat. Und wir, wir mußten ihre Zeitverschwendung damit aufholen, daß wir die Weinflaschen und Bierdosen in den Zuber voller Eisbrocken gestellt haben. Das gehört zwar zur Arbeit mit den Waffeln dazu, war aber anfangs nicht vorgesehen. Wir sollten uns außerdem eigentlich bloß um die Sangria kümmern.

Sie sind da, damit sie auf dem Fest herumspazieren und sich zeigen können. Auch aus den Dörfern in der Umgebung sind viele Leute gekommen, um anzugaffen, was nicht zu sehen ist. Dazu die herumschlendernden Polizisten. Sie drehen seit Mittag eine ganz bestimmte Runde, immer die gleiche. Das ist, als würden sie wie Häftlinge ihren täglichen Spaziergang im Hof machen. Sie laufen wie die Uhrwerke und kommen alle halbe Stunde an unserem Entenspiel vorbei. Sie sind stehengeblieben, um dem alten Coinson zuzusehen, sie lachen mit den übrigen.

Die Ameisen mit ihren Säcken veranstalten ein fürchterliches Gebrüll. Mein Bruder liegt an zweiter Stelle, den kleinen Pierrel holt er nie ein: der ist der Sohn des Kartoffelhändlers von Grand-Beaumont. Für seinen Vater ist das Sackhüpfen Ehrensache, etwas anderes kennt er nicht, er stellt die Säcke her. Sein Sohn darf auf keinen Fall verlieren. Er übt das ganze Jahr. Er wird das Filet mit Gemüse als Preis bekommen, mein Bruder das Hähnchen.

Der Pfarrer erwartet sie auf der Ziellinie; er breitet die Arme aus und hat wegen der Sonne ein Taschentuch auf dem Kopf. Er wollte seinen viereckigen Hut nicht aufbehalten, er sagt, das ist würdelos und könnte Gott kränken. Laclope hat ihn gefragt, ob Gott in seinem Hut steckt, und hat dafür eine Ohrfeige kassiert. Das wird Gott wer weiß was nützen. Mich würde das überraschen, denn der Pfarrer wäscht sich die Haare nicht und hat immer denselben Hut auf. Gott wohnt sowieso in einem Raumschiff. Es ist noch größer als das von Jesus, mit dem Paradies drin und einer riesigen Bank, wo er sich mitten unter die Heiligen setzen kann, die Lieblinge zu seiner Rechten.

»Gott ist kein Linker«, sage ich zu Laclope.

Aber der hat keine Zeit, mir zu antworten, denn der alte Coinson taumelt gerade am Rand der Tanzfläche entlang. Eigentlich hätte er schon dreimal hinfallen müssen, aber diesmal kann er gar nicht mehr anders. Er probiert einen letzten Satz und kugelt aufs Parkett. So, wie er im Innern des Sacks zappelt, muß er auf dem Kopf stehen, er dreht sich um seine Achse und sackt zusammen. Wir sehen ihn nicht mehr, die Tanzfläche ist auf dieser Seite höher, liegt auf Holzböcken, weil der Festplatz hier abfällt. Er muß einen Span in die Nase gekriegt haben, er steht nicht mehr auf. Keiner kümmert sich um ihn, die Wetthüpfer kommen in den Armen des Pfarrers an. Der alte Pierrel setzt sich seinen Sohn auf die Schultern und schreit, daß er der Stärkste ist und daß die Säcke sogar beim Wetthüpfen eine Familiensache sind und, solange er lebt, keiner seinen Sohn aussticht.

»Eine Runde für alle«, brüllt er, »auf zum Ausschank!«

Alle klatschen, und der alte Coinson, den gerade jemand befreit hat, hüpft auf der Tanzfläche herum und kreischt, er hat gewonnen. Seine Nase ist zerschlagen, sein Hemd zerrissen, und das Blut spritzt ihm auf den Bauch. Die anderen lachen, und die alte Lavelange sagt ihm, er soll sich erst mal wieder anständig herrichten, bevor er auf seinen Sieg trinkt. Mein Bruder zieht einen Flunsch, er wollte das Filet mit Gemüse.

Endlich finden sich alle am Ausschank ein. Mit dem alten Pierrel ist es jedes Jahr dasselbe. Die Runde für alle ist bloß Gerede in der Begeisterung des Augenblicks. Er trinkt sie ganz allein, selbst seinem Sohn bietet er nichts an. Das wissen alle, aber sie tun so, als hätten sie ihm geglaubt, weil seine Visage das Geld wert ist, so große Angst hat er vor dem Bezahlen. Ja, die Visage ist wirklich ein Gläschen wert.

Mein Vater ist noch nicht da, der Vater von Laclope bedient zusammen mit Marcelle Lalevée. Sie hat die Ärmel hochgekrempelt und stellt an einem Ende des Tresens gut dreißig Gläser in einer Reihe auf.

»Hast du nach der Sangria gesehen?« frage ich Laclope, als ich hinter unseren Stand gehe.

»Ja, und du?«

»Ich geh gleich, wir müssen aufpassen, daß die Mischung stimmt…«

Er zündet das Gas unter den Waffeleisen an und öffnet die Schleuse, um die Enten ins Wasser zu lassen.

»Mach Dampf, die Ameisen kommen gleich in Scharen...«

Ich mache das Zeichen Der-Tapfere-läuft-schneller-als-jeder-Ärger, gehe ins Zelt, hinter den Ausschank, und pisse schnell in die Wanne mit der Sangria. Ich rühre mit der Kelle um, damit alles gut vermischt ist, und gehe zum Stand zurück.

»Ich hab nachgesehen«, sage ich.

»Läuft wie geschmiert«, antwortet er und schubst die Plastikenten in die Strömung.

Wir haben keine Zeit zum Rumlungern, Laclope und ich. Es wird dunkel, auf dem Fest ist es schwarz von Leuten, und wir wissen nicht, wohin überall wir unsere Waffeln ausgeben sollen. Die Autoskooter dröhnen uns Löcher in die Ohren, so einen Höllenlärm machen sie mit ihrem Blech und den ausgeleierten Lautsprechern.

Eine Mauer aus halb verhungerten Ameisen versperrt uns die Sicht; sie werden von der Masse der Großen fast zerquetscht, aber die scheren sich nicht drum. Sie werden von der wogenden Menge dermaßen herumgestoßen, daß wir nicht mehr wissen, ob wir Waffeln in die Hände derjenigen drücken, die dafür bezahlt haben. Darum geben wir sie jetzt auf gut Glück aus, es ist wie beim Lotto. Und Laclope und ich, wir machen um die Wette betretene Gesichter und tun so, als hätten die anderen uns drangekriegt.

Es ist nicht unsere Kohle, darum ist es uns schnurz. Jedenfalls kann so was niemand nachprüfen. Schon am Nachmittag hatten wir alles verkauft, die Murail hat uns schnell frischen Teig gebracht und konnte sich gar nicht beruhigen, wieviel wir eingenommen haben. Dabei haben wir ganz schön was in die eigene Tasche gesteckt, um Autoskooter zu fahren. In der Zeit sind Bérénice und Diesel für uns eingesprungen. Mein Vater hat mit Laclopes

Vater den Ausschank gemacht, er konnte nicht sehen, was wir treiben. Auch jetzt kann er nichts sehen, es stehen zu viele Leute zwischen uns. Und bei der Menge, die er schon gebechert hat, kapiert er sowieso nicht, was er sieht.

Ab und zu tauchen die Mützen der Polizisten zwischen den immer röter werdenden Köpfen auf, immer noch wie nach der Uhr. Nur am Kletterbaum machen sie ein bißchen länger Halt; dort sind die Leute jetzt allmählich genervt. Das Spiel läuft seit fünf Uhr nachmittags, und noch immer hat es keiner weiter als drei oder vier Meter hoch geschafft. Der Baum ist zu stark eingeseift. Laclopes Vater hat wirklich nicht an Schmierseife gespart. Am Anfang war die Schicht mindestens fünf Zentimeter dick. Uns lassen sie es nicht mal probieren. Das ist nichts für Kinder. Wir haben trotzdem unseren Spaß, vor allem seit einer aus Le-Haut-du-Bois mitmacht, der von seiner Frau angekeift wurde, weil er sich seinen Anzug versaut. Er hat sich bis auf die Unterhose ausgezogen, und als er hochgeklettert ist, ging seine Frau mit den Kleidern weg und sagte, sie läßt sich von dem Spinner scheiden, und er soll sehen, wie er heimkommt. Er hat es nicht geschafft, ist wieder ganz nach unten gerutscht und wollte den Pfahl nicht mehr loslassen. Die anderen haben gemerkt, daß die Masche gar nicht blöd ist. Sie haben sich ebenfalls ausgezogen und sind auf ihn draufgestiegen. Die Polizisten wollten sie nicht halb nackt lassen. Das hat zu einem hitzigen Streit geführt. Da kam uns eine Idee, das heißt Laclope. Ich habe einen Plan, hat er zu mir gesagt, beim Feuerwerk wollen wir mal sehen. Und er hat das Zeichen Der-Tapfere-sieht-im-Rauch-viel-während-die-Blödmänner-husten gemacht.

Der aus Le-Haut-du-Bois hat so viel gesoffen, daß er in der Hecke vor dem Pfarrhaus neben der Kirche schläft. Er hat kurz nach seiner Frau gesucht, aber nur in der Unterhose fühlte er sich nicht wohl, und in dem alten Arbeitsoverall auch nicht, den ihm Laclopes Vater aus seinem Transporter geholt hat. Er war ihm zu kurz. Alle haben ihn gefragt, ob er ins Heu gehen will, und weil er nicht wußte, was das bedeutet, haben sie ihn auf ein Glas eingeladen, um es ihm zu erklären und ihn wegen seiner Frau zu trösten. Aber das brachte ihn zum Weinen: der Schinken sollte doch für sie sein, für seine Frau. Da haben sie ihn getröstet. Dann haben sie ein bißchen damit gespielt. Sie ist da drüben, haben sie ihm erzählt, hinter dem Schießstand, und er ging hin. Ob beim Autoskooter oder vor der Kirche, anderswo oder sonstwo, er ging hin. Er war so sternhagelvoll, daß er gesagt hat: »Sonstwo? Wo ist sonstwo? Mein Gott, wo?«

Und weil er sie nicht gefunden hat, haben sie ihn wieder getröstet. Schließlich hat er auf allen vieren gesucht. Auf die Weise ist er in der Hecke gelandet, vor dem Ziel eingeschlafen.

Der alte Coinson hat sich von zwei Typen aus dem Weiler Le-Pré-au-Chêne in die Mitte nehmen lassen. Dem alten und dem jungen Tragard. Sie haben Isnichwahr weggestoßen, der mit ihnen rumstritt, Grandmougin abgedrängt und sich auf den Tresen gelümmelt. Sie haben eine doppelte Sangria bestellt.

Der Vater von Laclope war mit meinem Vater losgezogen, ich habe bedient. Mit den Enten ist Schluß, wir haben keine Gewinne mehr. Bleiben nur noch die Waffeln, und um die kümmert sich Bérénice. Laclope und ich, wir spülen die Gläser, wir füllen den Eistrog auf, wir schleppen uns mit den Kisten voller Flaschen ab und bedienen. Wir sehen auch öfter nach der Sangria, sie ist ein voller Erfolg, wir wollen sicherstellen, daß sie gut schmeckt.

Der junge Tragard stößt seinen Finger in die kaputte Nase vom alten Coinson: »'ne schöne Kartoffel hast du da, mein Dickerchen ...« Er beugt sich vor, zwinkert seinem Vater zu.

»Der Coinson, der hat 'ne schöne Kartoffel!«

Der alte Coinson rührt sich nicht, er ist zu besoffen, er braucht seine Hände, um sich am Tresen festzuklammern.

Der alte Tragard beugt sich ebenfalls vor, um besser sehen zu können. »Aha, da wachsen eure Kartoffeln jetzt, in deinem Arschgesicht?«

Der alte Coinson ist ganz rot, die Augen quellen ihm aus dem Kopf, er brüllt: »Laß das, laß mich in Ruhe, du alter...«

»Alter was? Na los, sag schon... Alter was? Sag's, Arschgesicht, sag's!«

Der alte Coinson kann nicht antworten, seine Nasenlöcher platzen auf, er blutet wieder in Strömen.

Laclope sagt mir, ich soll mich nicht rühren, er holt jetzt seinen Vater. Er kriecht unter der Plane hinter uns raus, und als sie zufällt, sehe ich nur noch den Ausschank im trüben Licht, Bérénice, die sich am Ende des Tresens unter dem Tisch mit den Waffeleisen versteckt hat, und vor mir die Knaller aus Le-Pré-au-Chêne, die den alten Coinson aufmischen wollen. Ich und mich rühren! Meine Muskeln sind wie Pudding.

In der Ecke neben Bérénice steht Isnichwahr wieder auf, kommt vor und legt seine Hände auf die Arme vom jungen Tragard: »Nein, bei uns ist das ganz anders... Das Gemüse...«

Er sieht so jenseits von Gut und Böse aus, daß der junge Tragard die Nase vom alten Coinson losläßt und die Arme senkt: »Wo kommst du denn her? Was redest du da?«

Isnichwahr trinkt aus dem erstbesten Glas einen großen Schluck Sangria, dreht sich um und lehnt sich mit dem Rücken an den Tresen, das Gesicht zu den Tragards: »Ich bin von hier, jawohl.«

Er plustert sich auf: »Ich weiß alles.«

Der junge Tragard schiebt ihm seine Faust unters Kinn und drückt ihm den Kopf nach oben: »Erzähl!«

»Bei uns, da ist das Gemüse nicht wie anderswo...«

»Das wissen wir schon, komm zur Sache, Mann.«

Der alte Coinson blubbert: »Halt's Maul, Mangerolle, lieber Gott, halt's Maul!«

»Halt du's Maul«, sagt der alte Tragard und schüttet ihm sein Glas Sangria ins Gesicht.

Der alte Coinson dreht sich brüllend im Kreis herum, die Hände auf seiner zermanschten Nase. Der alte Tragard zerdeppert eine Flasche auf Coinsons Schädel, und der bricht zusammen.

Die anderen stehen im Kreis außen herum. Nur Leute aus dem Hurre-Tal und die aus Le-Pré-au-Chêne. Wenn keiner kommt, sind wir gleich alle erledigt.

Isnichwahr hat nichts bemerkt, er erzählt weiter: »Es taucht auf, wo man nich damit rechnet, das Gemüse... Die Kartoffeln wie alles übrige...«

Der junge Tragard packt ihn am Hemdkragen und donnert ihn gegen den Tresen: »Willst du dich über mich lustig machen?«

»Es geht spazieren, ich hab's gesehen, mit meinen eigenen Augen... Mein Lauch...«

Der junge Tragard hebt ihn hoch und setzt ihn auf den Tresen. Ich sehe nur noch den breiten Rücken über mir, aber er ist nicht still. »Es hat sich in meinem Garten umgestellt... Ich hab mich nächtelang auf die Lauer gelegt.«

»Halt's Maul!«

»In allen Gärten das gleiche...«

»Halt's Maul! Du Scheißkerl!«

»Es läuft...«

Er kann nicht zu Ende reden, sein Kopf fliegt zwischen seinen Armen nach hinten. Er schlägt wild um sich und fällt auf mich. Wir krachen beide in die Bierkisten. Ich habe mir total weh getan, aber ich stelle mich tot wie er. Sein Blut läuft mir in den Kragen, und das Bier dazu. Der Tresen splittert in Stücke, die Pfosten explodieren, und das Dach fällt auf uns runter.

Der ganze Ausschank muß über uns zusammengestürzt sein. Isnichwahr stöhnt und fängt an zu schnarchen. Ich höre Gelächter, ununterbrochenes Gelächter, das anschwillt und auf uns prasselt, das auch noch. Und uns unter sich begräbt. Noch etwas anderes läuft mir in den Kragen. Es ist warm und pappig, ich habe es auch im Gesicht, ich erkenne den Geruch... Der Waffelteig. Wir müssen bis in die Ecke von Bérénice geflogen sein.

»Bérénice, bist du da?«

Neben mir regt sich was unter den zertrümmerten Kisten. »Bérénice...«

»Ja.«

Es regt sich weiter, eine Flaschenscherbe dringt mir in den Arm. In meiner Hand spüre ich die Finger von Bérénice.

Und ich spüre das Gewicht von Isnichwahr, das mich zermalmt. Ich spüre jede Scherbe, jeden Holzsplitter, die in mich dringen. Ich schließe die Augen, ich spüre in meiner Hand die gleiche Sanftheit wie im Blick der kleinen blauen Wesen in den Höhlen des alten Wasserspeichers.

»**Sachte, Bourdon,** wir wissen nicht, wie er unten drunter aussieht...«

»Ja, Chef.«

»Er muß übel zugerichtet sein...«

»Ja, Chef... Chef, machen wir verschiedene Haufen aus den Gläsern und Flaschen?«

»Ja, man kann nie wissen...«

Nach und nach verringert sich das Gewicht über mir. Holzbrocken oder andere Sachen verschwinden von mir wie riesige glatte Splitter. Dann nähern sich in Wellen andere Stimmen zusammen mit den Geräuschen vom Fest. Sie sagen, macht schnell, paßt auf, er war vorher schon ganz schön fertig... Macht schon... Vorsichtig...

Die Polizisten zählen: eins, zwei, drei. Und sie heben Isnichwahr weg.

»Scheiße, da liegt noch ein Junge drunter!«

»Hercule! Du lieber Gott, ist alles in Ordnung?«

Ich antworte nicht, obwohl ich die Stimme von Laclopes Vater erkannt habe.

»Ist das Ihr Sohn?«

»Nein, das ist der kleine Levant, von mir war nur die Tochter drunter. Ich bring sie nach Hause. Ihr fehlt nichts... Nur ein paar Kratzer.«

»Wo ist sein Vater?«

»Der wird grade gesucht.«

Sie haben mich ins Gras gelegt, nicht weit von der Hecke. Ich habe die Augen halb geöffnet, gerade so weit, daß ich den Sternenkreis über den Köpfen sehen konnte, die sich über mich beugten. Sie reden alle, sagen, daß ich ins Krankenhaus gebracht werden muß, fragen, wo mein Vater bloß bleibt, er könnte wenigstens da sein, ich muß in die eine Richtung gedreht werden, nicht in die andere, ich hatte im Ausschank nichts zu suchen, das ist doch kein Platz für ein Kind…

Ohne mich zu rühren, teste ich alle meine Muskeln, an manchen Stellen tut es weh, aber es dürften bloß blaue Flecken oder kleine Schnitte sein. Ich tue so, als ob ich aufwachen würde, ich bewege einen Fuß, die Arme, stöhne ein bißchen und richte mich auf.

»Mir fehlt nichts«, sage ich, »wo ist Laclope?«

Die anderen entfernen sich, einer aus dem Hurre-Tal spottet im Weggehen: »Dem Blödmann fehlt nichts, das ist bloß Schau, er will 'ne Kippe rauchen.«

Ich bin allein. Ich stehe auf und gehe zu Isnichwahr, der bei dem alten Coinson neben der Hecke liegt. Die Polizisten kümmern sich um ihn. Ein Stück weiter weg pennt noch immer der Typ aus Le-Haut-du-Bois; gerade pissen zwei total besoffene Typen fast auf ihn drauf. Sie schauen in unsere Richtung.

Der eine Polizist herrscht sie an, während er seine zusammengerollte Jacke Isnichwahr unter den Kopf schiebt: »Könnt ihr nicht woanders hin?«

»Doch, aber da würden wir nichts sehen.«

Der andere Polizist beschimpft sie als Blödmänner und schiebt seine Jacke Isnichwahr unter die Füße. Er sieht mich: »Du bist auf? Du solltest liegenbleiben, man kann nie wissen.«

»Mir fehlt nichts, und den beiden? Und...«

»K. o. geschlagen. K. o. geschlagen und stockbesoffen... Das einzige Problem ist die Nase...«

Er nimmt seine Mütze ab, dreht sie in seinen Händen und schlägt Isnichwahr damit leicht auf den Bauch.

»Meine Güte, zum Glück haben wir Verstärkung angefordert.«

»Ja, Chef, jetzt sind sie nicht mehr zu bremsen, und wir sind immer noch nicht weiter.«

Er nimmt ebenfalls seine Mütze ab, holt ein großes kariertes Taschentuch aus ihr heraus und wischt sich die Stirn ab.

»Kleiner, weißt du vielleicht was?«

»Keine Ahnung, ich muß mir die Beulen saubermachen.«

Plötzlich packt mich eine Hand von hinten am Hals und drückt immer fester zu.

Über meinem Kopf ertönt die Stimme meines Vaters: »Komm, wir müssen dich verarzten...«

Und leiser hinter meinem Rücken: »Du dreckiger Scheißkerl, willst dich wieder wichtig machen.«

Seine Hand hat meinen Hals losgelassen, sie hält nur noch die Haut, verdreht sie und zwickt sie zusammen.

»Sind Sie der Vater?« fragt der Chef der beiden Polizisten und richtet sich auf. »Schön, daß Sie da sind.«

»Ja«, sagt die Stimme von oben.

»Sie kümmern sich um ihn?«

»Ja, ich kümmere mich um ihn.« Er zwickt mich noch ein bißchen fester. »Komm ...«

Wir gehen weg, und hinter dem Autoskooter fragt er mich, was ich gesagt und was ich bei den Polizisten getrieben habe.

»Ich hab nichts gesagt«, antworte ich, «ich war unter dem Ausschank.«

»Du willst dich wohl über mich lustig machen, dir fehlt nichts.«

»Ich mach mich nicht über dich lustig ... Ich war ...«

Er verpaßt mir eine Ohrfeige, aber weil er bedüdelt ist, fällt sie schwächer aus, als er es gern hätte, jedenfalls nicht so wie in seinen Augen.

»Red nicht in dem Ton mit mir ...«

Er will weiter prügeln. Er reckt beide Fäuste gleichzeitig. Aber ihm bleibt keine Zeit, ein Haufen Leute kommt von der Ecke mit der Frittenbude hergepurzelt, rennt in uns hinein, schreit, daß der Kletterbaum gleich geknackt ist. Ich verdrücke mich in der Menge, seine Dresche kann er sich sonstwohin stecken.

Um den Baum rum ist der Teufel los. Die aus Le-Préau-Chêne haben ein Beil geholt. Die beiden Tragards haben beschlossen, den Baum umzuhauen. Die aus unserem Dorf sind dagegen, sie schubsen sie weg, stoßen sie zurück, schlagen ihnen gegen die Brust. Die aus dem Hurre-Tal und die übrigen stehen zwischen den beiden Gruppen. Sie haben sich noch nicht für eins der Lager entschieden. Sie wollen sich den Kletterbaum auch nicht entgehen lassen, stehen aber trotzdem nicht auf unserer Seite. Sie wollen die Sache mit dem Braille-Conin und die ganze Geschichte wissen.

Laclope finde ich an der Schießbude wieder. »Meine Fresse, du bist ja hübsch zugerichtet, viel schlimmer als meine Schwester...«

»Stimmt, aber mir fehlt nichts.«

Der Bürgermeister trifft ein, seine Schärpe ist aufgegangen und flattert um ihn herum. Er wirft sich mitten ins Getümmel und packt den alten Tragard am Arm. Er versucht, ihm das Beil zu entreißen und ruft allen zu, sie sollen aufhören.

Laclope schimpft: »Sie haben mir meine Idee geklaut. Das wollte ich während des Feuerwerks machen...«

»Der blöde Schinken ist uns doch egal.«

»Schon, aber um ihnen eins auszuwischen...«

Der Bürgermeister wird vom Fuß des Kletterbaums weggedrängt. Er schreit seiner Schärpe hinterher, die ihm irgend jemand geklaut hat. Er brüllt, daß die Republik verspottet wird, daß das ein Anschlag auf einen Beamten in Ausübung seiner Funktion ist. Die anderen lachen sich eins, sie foppen ihn wie einen Hund mit einem Knochen. Die Schärpe schwirrt von Hand zu Hand. Das Beil schlägt wieder zu.

Mit einem trockenen Knirschen fällt der Kletterbaum um. Als er zwischen die Bäume kracht, reißt er die Stromkabel und Lampions mit. Kein Licht mehr auf dem Fest. Nur noch der Lärm der Autoskooter, die ihre Fahrt mit einem letzten Quietschen beenden.

Die Stille haut alle mit einem Schlag um. Und in dieser

Stille fangen Zähne an zu knirschen, scharren gedämpft Füße, steigt der Geruch des Festes auf. Ein klebriger Geruch nach alten Pommes frites, billigem Wein, durchgebrannten Sicherungen. Beladen mit einer Mischung aus erkaltetem Zuckerzeug und Schweiß.

Der junge Tragard schwenkt den Schinken: »Da habt ihr's, ihr Kollaborateure!« Die anderen lachen.

Hinter uns setzen die Schausteller vom Autoskooter ihren Generator in Gang, ein gelbes Licht erhellt den Platz. Es schwankt im Rhythmus des dröhnenden Motors.

Die alte Lavelange tritt vor. Sie pflanzt sich neben dem großen Mandel auf, der in der Mitte stehengeblieben ist und seine zerfetzte Schärpe in den Händen hält.

»Wen meinst du damit?«

Im Licht, das bei jedem Aussetzer des Motors auszugehen droht, tauchen hinter dem jungen Tragard, der auf seinen ausgestreckten Händen den Schinken balanciert, Gesichter auf und verschwinden wieder: »Ihr wißt, wen ich damit meine. Den Erhängten aus Le-Grand-Beaumont und den, den der Braille-Conin wiedergefunden hat... Die hab ich mir nicht aus den Fingern gesogen.«

Auch Laclopes Vater tritt vor, zusammen mit meinem Vater, der sich kaum auf den Beinen halten kann: »Gar nichts hast du dir aus den Fingern gesogen«, brüllt er ihn an, »das könntest du nicht, dazu bist du viel zu blöd...«

Der große Mandel breitet die Arme aus, wedelt mit seinem blauweißroten Lappen: »Seid still, das Ganze ist eine Sache der Polizei!«

»Das ist eine Sache unserer Toten.« Der alte Tragard ist ebenfalls vorgetreten. »Das ist die Sache unserer Toten, die ihr an die Scheißdeutschen verkauft habt.«

Er reißt die Reste der Schärpe an sich und tritt darauf rum, während sein Sohn den Bürgermeister packt, der brüllt: »Dazu habt ihr kein Recht!«

»Ich hab ein Recht zu allem, was ich will«, schreit der Alte.

Er geht noch ein Stück weiter vor, er steht ganz dicht vor den anderen, schaut sie an: »Ich habe ein Recht auf meine Toten... ein Recht auf die offengebliebenen Gräber... ein Recht...«

Ein Alter aus dem Hurre-Tal stellt sich neben ihn: »Wir haben auch Tote.«

»Wir haben alle Tote«, ruft die alte Lavelange, »wir haben alle mehr, als wir verdient hätten...«

Der alte Tragard spuckt auf den Boden: »Eure sind keine guten... Ihr versteckt sie... wenn sie sich nicht erhängt haben.«

Laclopes Vater hilft dem großen Mandel beim Aufstehen und sagt: »Der Vater vom Braille-Conin hat eine ganze Reihe von euren Leuten gerettet...«

»Ihr habt ihn ausgeliefert!«

Neben mir schnappt sich einer von den Ramoljean-Söhnen, der schweigend am Tresen gelehnt hatte, ein Gewehr und hält es auf die Gruppe: »Ich stopf euch eure dreckigen Mäuler!«

Blindlings fängt er an, in den Haufen zu schießen. Die anderen werfen sich zu Boden. Der Schausteller vom Schießstand packt ihn von hinten und kugelt mit ihm über den Tresen. Bei der Keilerei pfeffern die Schüsse weiter in alle Richtungen.

Laclope ist mit mir unter den Tresen getaucht. »Scheiße, er hat ein Repetiergewehr erwischt.«

Wir haben keine Lust, in der Ecke zu bleiben. Wir robben an den bemalten Brettern entlang, zwischen den Munitionskisten und den Zielscheibenpacken durch. Der Schausteller entreißt dem jungen Ramoljean das Gewehr und haut ihn durch einen Schlag mit dem Kolben um.

»Jetzt ist Schluß.«

Er steht wieder auf, springt über den Tresen und schließt in Null Komma nichts seinen Stand. Uns bleibt gerade noch Zeit rauszukriechen.

Die anderen rappeln sich auf, einer nach dem andern, reiben sich die Knie, schauen sich um, alle bis auf die alte Lavelange, die stehengeblieben war.

»Mistbande!« schreit der junge Tragard.

Er hebt das Beil auf und schwingt es über seinem Kopf.

Schrille Trillerpfiffe lassen ihn erstarren. Die Polizisten kommen von mehreren Seiten gleichzeitig angelaufen, ein knappes Dutzend. Ihr Chef packt das Beil: »Was geht hier vor?«

Die beiden Polizisten, die ihm gefolgt sind, nehmen den jungen Tragard in ihre Mitte. Die anderen verteilen sich hier und da.

Der große Mandel versteckt die Überreste seiner Schärpe hinter seinem Rücken, er schiebt die Polizisten vom jungen Tragard weg, nimmt das Beil an sich und reicht es dem Vater von Laclope. »Hier geht gar nichts vor«, sagt er, »ein bißchen Aufregung... Der Alkohol, die Hitze... das muß man verstehen.«

»Und der Baum?«

»Keiner ist raufgekommen, da bat ich, ihn zu fällen...«

»Haben Sie auch darum gebeten, die Lichter auszumachen?«

»Nein, das war ein Versehen, das konnte ich nicht ahnen...«

»Ganz wie Sie wollen...«

Er schaut alle an, einen nach dem anderen, läßt den Blick über die schmutzigen Hosen schweifen, die aufgeschürften Hände.

»Sie tragen die Verantwortung.«

Er gibt den beiden Polizisten ein Zeichen, damit sie näher kommen, zeigt auf die Tragards: »Die behalte ich aber trotzdem einen Moment, bis alle sich wieder beruhigt haben...«

»Aber gern«, erwidert der Bürgermeister, »der 14. Juli soll ein Fest sein, das darf man nicht vergessen.«

Er faßt seine Hände, als wollten die sich davonmachen, schafft es, sie festzuhalten, reibt sie aneinander: »An die Arbeit, Leute, wir schließen alles wieder an, und in fünf Minuten beginnt der Ball...«

Laclope schlurft neben mir her. Wir drücken uns an der Kirche und am Friedhof vorbei, um neue Bierkisten zu holen. Unsere Väter sind schon vor einiger Zeit fort, um welche aus dem Lagerschuppen der Gemeinde zu holen. Um den Ausschank wieder aufzubauen. Und weil sie nicht zurückkommen, müssen wir ran und die Väter und die Flaschen zurückbringen.

Laclope bleibt stehen. »Ich hab die Schnauze voll, sollen sie doch sehen, wo sie bleiben.«

Wir setzen uns beide auf der Stelle hin, zwischen der Friedhofsmauer und der Gartenmauer von Doktor Maurel. Auch ich habe die Schnauze voll, ich versinke in meiner Erschöpfung. Außerhalb der Jahrmarktslichter und ihren Bonbonfarben tauchen die tannenbedeckten Berge wieder auf, in der Nacht wirken sie näher, dunkler. Sie fressen das Tal auf, sie haben etwas Schweigsames zwischen ihren Ästen, und das breitet sich aus.

Laclope schaut hinter uns zurück: »Ich hau ab, ich geh mit Grandmougin, er hat gesagt, daß wir ihm beim Feuerwerken zusehen dürfen.«

»Ist mir schnurz, ich hab keine Lust mehr.«

»Wir können ihm Raketen mopsen.«

»Ich hab keine Lust mehr.«

»Sie sind zu bedüdelt, um zu merken, ob wir da sind oder nicht.«

»Keine Lust.«

Er steht auf, ich sehe ihn ganz schwarz vor mir. »Bleib hier, wenn du willst, ich mach mich auf den Weg.«

Er kehrt zu dem kurz und klein geschlagenen Festplatz zurück, taucht in den Schatten, der noch schwärzer ist als er. Es sieht aus, als ob er singen würde, um sich Mut zu machen, aber es liegt nur an seinem Gang.

Als ich ihn nicht mehr erkenne, mache ich kehrt und gehe im Gras weiter. Auf dem langen Streifen in der Mitte, zwischen den Wagenfurchen in der trockenen Erde. Über mir ergießt sich der Himmel in die schwarzen Löcher im fast reglosen Laub. Ich bin naß, schmutzig und müde. Das Gras raschelt an meinen Beinen und legt sich unter meinen Füßen platt, sein Sommergeruch hüllt mich ein, und das ist im Dreck dieser Nacht grausam.

Am Ende des Feldwegs überquere ich die kleine Wiese, ich komme vor dem Schuppen an, alle Tore sind geöffnet. Da ist mein Vater – mit der alten Lavelange, dem Vater von Laclope, den Ramoljean-Söhnen, dem alten Coinson und sogar Lalumière in seinem Rollstuhl. Und noch ein paar, die ich nicht richtig sehe, sitzen weiter hinten, vor leeren Flaschen.

Sie schweigen… Konzentrieren sich auf ihre Gedanken. Sie sammeln sich. Sie sind sprungbereit, aber etwas hält sie zurück: Es muß größer sein als sie und frißt sie auf. Im Licht der Neonröhren wirken die Farben ihrer Gesichter und ihrer Kleider scheußlich. Hinter ihnen liegen links und rechts neben dem halb zerlegten Schneepflug die Theaterkulissen des Pfarrers, Kisten, Haufen von Holzsperren, Schaufeln, Stromkabelrollen und irgendwelchem Zeug zwischen den Stapeln aus Brettern und Eisenrohren und noch mehr Flaschen.

Vor den offenen Toren ist das Gras fast blau. Ich will nicht darauf treten, es würde mir die Füße zerfressen, und das Licht würde mich zerschnippeln, sobald ich in ihm wäre.

Der Himmel wird immer schwärzer, die Wolken werden an Ort und Stelle dicker, sie blähen sich, sie wollen sich verbinden. Die Sterne sind schon lange nicht mehr zu sehen. Ich gehe in dem blauen Gras weiter; es sprüht bei jedem Schritt Funken. Das blaue Gras ist wie Schnee. Irgendwann breche ich ein.

Jetzt sehe ich die Kippen auf dem Boden. Manche qualmen noch, gehen von allein aus. Sie brennen weiter, auch in die andere Richtung, bis sie ganz weg sind. Dann stülpt die Welt sich um wie ein Handschuh, und das blaue Gras schmilzt.

Ich höre sie allmählich, stückchenweise, als würde jemand ununterbrochen die Nadel eines Plattenspielers hochheben und wieder sinken lassen. Wörter, die die Sätze der anderen abschneiden, bevor sie zu Ende sind.

»Ihr redet von meinem Vater... Der tut hier nichts zur Sache.«

Der ältere der Ramoljeans ist weiß vor Wut. Er hat Schaum um den Mund, sein Bruder lümmelt auf einem Bretterhaufen, er hält sich den Kopf. Der Vater von Laclope umklammert mit beiden Händen seinen Hals. »Ach ja, und warum hat er sich aufgehängt?«

»Er hat sich nicht aufgehängt, deswegen«, sagt Coinson hinten aus dem Schuppen.

Der junge Ramoljean brüllt: »Ich schlag dir den Rest deiner dreckigen Fresse ein!«

Er zieht zwischen den Schaufeln einen Pickel heraus und schwingt ihn mit aller Kraft über dem alten Coinson, der sich hinter Lalumière duckt. Der Pickel landet in den Kulissen, und der ganze blaue Paradieshimmel mit seinen Goldsternchen bricht über ihnen zusammen.

Der Himmel über dem Schuppen ist total schwarz. Kalter Wind kommt auf, gerade genug, um die Seiten der alten Zeitungen aufzublättern, die in der Ecke neben dem Tor liegen, und langsam die Staubwolke wegzusaugen, die durch den Einsturz des Paradieses aufgewirbelt wurde.

Die alte Lavelange schiebt mit der Fußspitze die leeren Flaschen weg, sie macht sich ein sauberes Plätzchen frei: »Hört auf damit, der Vater von den Ramoljeans war nicht das Schlimmste...«

Der ältere dreht sich zu ihr um: »Wie denn, was gab's denn Schlimmeres als das mit meinem Vater?«

Fast ohne ihn anzufassen, allein durch das, was sie sagt, schafft sie es, ihn neben seinen Bruder zu setzen: »Das Schlimmste ist der arme Braille-Conin und was er gefunden hat... Den Marder und die Papiere...«

Die anderen verstummen, sie kehren wieder zu ihren Gedanken zurück.

»Begreift ihr nicht... Das heißt, daß er die Verstecke gefunden hat... Sämtliche Verstecke. Es kommt alles raus...«

Der jüngere Ramoljean springt mit einem Satz auf, er zeigt mit dem Finger auf meinen Vater: »Der Marder, der hat mit deiner Schwester rumgemacht...«

Mein Vater tritt in den Kreis, den die alte Lavelange freigeräumt hat, er kann sich kaum aufrecht halten: »Ich hab keine Schwester.«

»Du hast keine Schwester? Und die Schlampe, die mit ihrem Georges im Schlepptau in ihrem Citroën DS rumkutschiert, wer ist das?«

»Mit der hab ich nichts zu tun!«

»Die gehört zu deiner Familie.«

Mein Vater hat es geschafft, sich vollständig aufzurichten. Er packt sein Hemd mit beiden Händen: »Ich hab keine Familie, und ich hab nichts zu verbergen!«

Er reißt sich das Hemd herunter, wirft es auf den Ramoljean, knöpft sich die Hose auf: »Ich bin fleckenlos…«

Er hebt ein Bein an, um seine Hose auszuziehen, und fällt zu Boden. Er verwickelt sich in der Hose und zerfetzt sie, um schneller aus ihr rauszukommen. »Wie am Tag meiner Geburt…«

Er reißt seine Schuhe runter, seine Strümpfe, seine Unterhose. Er richtet sich wieder auf: »Schaut her, schaut nur her, verdammte Kacke, ich hab nichts zu verbergen, das sag ich euch…«

Er bricht in Lachen aus: »So rein wie frischgebrannter Schnaps…« Er hebt seine Hose und zwei angebrochene Flaschen auf: »Das kann nicht jeder von sich behaupten…«

Die alte Lavelange nimmt seine Kleider auf und reicht sie ihm, der Vater von Laclope faßt ihn am Arm, aber er stößt sie von sich. Die anderen fangen erst jetzt an, sich zu rühren. Er schubst alle beiseite und läuft aus dem Schuppen.

Er sieht mich nicht; er stolpert bei jedem Schritt und läuft im blauen Gras davon. Er brummt: »Das kann nicht jeder von sich behaupten ...«

Er läuft zwischen die Bäume. »Die anderen auch nicht ...« Er verschwindet.

Der Vater von Laclope, der ihm nachgegangen ist, sieht mich: »Du warst hier?«

»Ja.«

Die alte Lavelange drückt mir die Kleider in die Hand: »Da, führ deinen Vater heim.«

Vor dem Kriegerdenkmal rollen zerknüllte Frittentüten herum. Sie bleiben mit ihren Kanten hängen, wackeln und kugeln auf geheimen Wegen weiter. Sie wissen, wohin sie kullern. Sie sind wie die Gedanken von Ratten, die sich im Dunkeln vergraben. Ich sehe sie zwar kaum auf dem Pflaster vorbeikullern, aber sie gehen mir gleichzeitig durch den Kopf.

Am Denkmal sind sämtliche Spuren beseitigt. Meinen Vater sehe ich nicht. Die erste von den Straßenlaternen bis zum Bahnübergang ist durchgebrannt. Ich muß weitergehen und die zweite Lampe im Auge behalten, um zu sehen, ob er darunter vorbeigeht.

Von der Kirche her ertönt die Tanzmusik, vermischt mit der Autoskootermusik, mit dem Gelächter und dem Geschrei; die Geräusche schweben durch die Musik wie die weißen Bäuche verendeter Fische. Mich treibt die Musik ebenfalls an, ich spüre, wie sie mich streift und überholt. Sie hinterläßt auf mir einen Schmutzfilm: Fetzen von Tangos, Paso dobles und der Schönen blauen Donau. Ich gehe schneller. Ich schüttle die Schultern und Arme, um mich von all dem loszureißen.

Am Bahnübergang bremst ein Auto ab, seine dicken gelben Augen springen hoch, und es beschleunigt wieder. Unter der zweiten Lampe sehe ich einen großen weißen Körper herumfuchteln und in den Graben tauchen.

»Der Blödmann.«

Ich laufe die Böschung entlang.

»Du Arschloch, kannst du nicht auf der Straße bleiben...«

Er hört mich nicht, er ist zu weit weg. Das Auto nähert sich wieder, es ist der Polizeitransporter, der zurückkommt. Sie fahren vorbei, ohne mich zu beachten. Ich beachte sie auch nicht, ich drücke die Kleider an mich und gehe, als ob ich wüßte, wohin.

Unter der Lampe bleibe ich stehen. Ich sehe nichts im Graben. Nur Gebüsch und Gestrüpp.

»Er kann doch nicht schwer zu sehen sein«, sage ich beim Hinuntersteigen.

Ich gehe dort ins Gestrüpp, wo es niedergetrampelt ist. Ich laufe im Graben weiter, die Kleider bleiben an den Dornen hängen, aber das ist mir egal, sie gehören nicht mir. Ich komme aus dem Gebüsch heraus. Vor mir liegt die Wiese, leer bis auf die schwarze Nacht um sie herum.

»Was treibst du da?«

Er steht im Gras, zehn Meter von mir entfernt, auf der Seite am Rand des Schattens.

»Ich bring dir deine Kleider...«

»Na und?«

»Ich weiß nicht, die alte Lavelange hat mir gesagt...«

Ich will nicht in seine Nähe, ich werfe ihm die Kleider zu. Sie fallen zwischen uns auf die Erde.

Er geht zu ihnen, dreht sie mit der Fußspitze um. »Vielleicht passen die mir...«

Er breitet die Arme aus, eine Flasche in jeder Hand. Er kann sich nicht aufrecht halten, sein Körper ist voller großer roter Striemen. »Ich komm aus dem Brunnen.«

Er nimmt die Hose und läßt den Rest liegen. Lachend breitet er wieder die Arme aus: »Die Wahrheit...«

Er dreht sich im Kreis und trinkt dabei aus einer Flasche. Kreiselnd taumelt er zu Boden. Er lacht immer noch, sein Lachen wird im Gras versinken, er wird sich damit eingraben. Als er auf der Erde liegt, trinkt er die Flasche leer und wirft sie zwischen uns. Er spottet: »Und ihr Brunnen...«

Er bleibt sitzen, um in seine Hose zu schlüpfen. Er ist zu besoffen und die Hose zu zerrissen. Er überschlägt sich ein paarmal, schafft es aber, sie anzuziehen.

Er steht auf, seine Beine ragen an den Knien aus der Hose. »Die Wahrheit, da hast du die Wahrheit, sie hat vier Beine...«

Er trinkt aus der zweiten Flasche. Er klammert sich an sie, um nicht hinzufallen. Er bleibt stehen. »Und aus welchem Brunnen kommst du?«

»Ich war auf der Straße.«

Er schaut über meine Schulter weg: »Eine Scheißstraße, eine Todesstraße... An beiden Enden das Verrecken... die Fäulnis, die dir die Fresse bis zur Nase rauf zerfrißt...«

Er geht ein Stück und schimpft auf die Grasbüschel, über die er stolpert.

Ich hebe seine übrigen Kleider auf.

»Schmeiß sie weg, die sind nicht meine Größe... und die stinken nach Leiche...«

Er kommt her, nimmt sie mir aus den Händen und schmeißt sie neben die erste Flasche. Er schaut mich an: »Die alte Lavelange... Die steht am einen Ende... die alte Lavelange...«

Er geht weiter, ich folge ihm. Daß er mich angeschaut hat, das begreife ich nicht. In seinem Schnapsrausch hat er mir gerade in die Augen gesehen.

Er sagt: »Und am anderen Ende... das Schlimmste... daß du im Leichenwagen krepierst... Du weißt, daß du nicht tot bist, aber du bist bis zum Hals in deinem eigenen Sarg begraben...«

Er nimmt einen Schluck. Mirabellenschnaps. Das ist nicht sein eigener, die Flasche kenne ich nicht, aber das scheint ihn nicht zu stören. Er verschüttet etwas über seinem Kinn.

»Du steigst in deine Karre, und bei der ersten Kurve platzt dir ein Reifen... Du steigst aus, um ihn zu wechseln, und du merkst, daß du in einem Leichenwagen warst...«

Er drückt die Flasche an sich und seufzt: »Deine Karre, die du gehätschelt hast, als wär's eine verchromte Geliebte... Ein Leichenwagen... dein Leichenwagen...«

Er läßt die Arme sinken. »Und du siehst, daß die Würmer dich zerfressen... daß deine Finger dir an den Händen verfaulen... Also läßt du den Wagenheber los... Du läßt den Wagenheber los...«

Der Mirabellenschnaps bildet an seiner Kinnspitze glänzende Tröpfchen. Er schüttelt den Kopf. Die Tröpfchen fliegen weg.

»Beerdigt, wie du bist... an Ort und Stelle... kannst du nichts machen... Und um dich rum wächst alles... Der Kurzschlußdschungel... Mit deinem Scheißsohn, der in seiner blöden Mutter gewachsen ist, bevor du dich wieder zugeknöpft hast... In ihr wimmelt's von Kindern... die wachsen schneller, als du Luft holst... Je mehr du verfaulst, um so mehr wachsen sie... das gibt ihnen Kraft...«

Er geht ruckweise weiter, schwankt bei seinen Sprüngen und fängt sich im letzten Moment wieder. »Am schlimmsten ist der Geschmack...«

Er trinkt wieder, schwenkt seine Flasche: »Dieser Scheißgeschmack... Sie geben dir Erde zum Fressen, und die füllt dich nach und nach aus, dich und deinen Sarg... Die Verrecker geben dir deinen Tod zum Fressen...«

Er stößt den Kopf gegen die Flasche. »Nichts kann ihn wegmachen... Er kommt immer wieder... Immer, mit diesem Stück Scheiße auf Beinen, deinem Sohn, der um dich rumläuft...«

Ich weiche ihm soweit wie möglich aus, aber er klammert sich an mich. Wir können uns nicht mehr aufrecht halten. Er schaut mich wieder an, schaut mir gerade ins Gesicht: »Immer!«

In seinen umnebelten Augen sehe ich nichts. Ich verstehe nicht, wohin er schaut. Ich bin nicht das, was er sieht.

Wir sind fast am Ende der Wiese. Er stützt sich auf mich, er ist schwer, er versucht nicht mehr, eine bestimmte Richtung einzuschlagen, er geht, wohin seine Füße ihn tragen. Immer wieder fällt er auf die Fresse. Ich fange ihn dauernd auf, stelle ihn auf die Beine. Er tobt, er beschimpft mich, er sagt, er schafft es allein.

Auf der Straße fährt ein Auto im Schneckentempo vorbei. Ich habe kaum Zeit, den Motor des Polizeitransporters zu erkennen, als mein Vater mich zu Boden wirft und sich auf mich legt.

»Die suchen niemand«, sage ich, »die drehen bloß ihre Runde ...«

»Halt's Maul.« Er erdrückt mich. Ich klammere mich ans Gras, es ist wie Haar, ich drücke mit aller Kraft zu.

Mein Vater rollt auf die Seite, er rappelt sich auf alle viere, er lacht: »Die kriegen mich noch lange nicht.«

Ich rapple mich auch auf alle viere, während er den Kegel der verschwindenden Scheinwerfer beobachtet.

Ich stehe auf. Ohne ihn aus den Augen zu lassen, weiche ich zurück. Er krabbelt auf mich zu, richtet sich auf, biegt den Oberkörper durch, packt mich wieder, legt mir den Arm um den Hals und lacht: »Die kriegen uns noch lange nicht.«

Über uns explodiert es, und alles wird rot, ein roter Regen, der uns mitten auf der Wiese beleuchtet.

Sie haben mit dem Feuerwerk angefangen. Sie schießen es immer Richtung Wiese, damit alle es sehen können.

»So 'ne Scheiße, mit was schießen die da auf mich ...«

Er holt tief Luft und rennt los, ohne meinen Hals loszulassen. Ich renne mit ihm, total schief, unsere Köpfe kleben aneinander. Wir verheddern uns dauernd in seinen zerfetzten Hosenbeinen. Bei jeder Explosion wechseln wir die Farbe und die Richtung. Er liegt halb auf mir, mir brechen fast die Beine weg, weil ich ihn so halten muß, aber er schreit: »Da rüber! Da rüber!«

Und dahin laufen wir auf unseren durchgedrehten Beinen, an den Köpfen aneinandergebunden, die Flasche voraus.

Wir kugeln durch die Kiesel und landen im Wasser. Wir sind tierisch gerast, ohne uns umzusehen. Ich habe auch geschrien, wie er, um mir einzureden, daß ich meinen Beinen den Befehl zum Laufen gebe. Und wir haben nicht gesehen, daß wir an die Böschung geraten sind, daß wir mitten im Geröll bis nach unten gerutscht sind; es ist noch schneller weggesackt als wir.

Wir sitzen im Fluß, vor uns die Brücke zur abgebrannten Mühle. Das Wasser reicht uns gerade über die Schenkel. Am Himmel erscheint das Finale. Sie scheuen keine Mühe. Der Himmel zersplittert in einem Explosionshagel, einem Donner, der von den Bergen widerhallt und sich noch unter dem Brückenbogen bricht. Der Fluß erhellt sich von sämtlichen Spiegelungen am Himmel, und die Dunkelheit sinkt ganz sanft wieder auf uns herab. Und die Stille. Wir hören nur noch das Wasser, das sich durch die Steine schlängelt. Seinen Klang, der unter der Brücke heller wird und sich ein Stück weiter verliert, unter den Bäumen...

Mein Vater rutscht im Wasser herum. Er sucht nach einer besseren Stellung. Seine Flasche hat er gerettet. Er entkorkt sie, trinkt sie leer und verschließt sie sorgfältig wieder.

»Das war ihre letzte Kartusche...«

Er wirft die Flasche auf das Geröllufer, wo sie zerbricht. Er steht auf. »Junge«, sagt er zu mir.

Ich antworte nicht. So nennt er seine Lehrlinge, wenn er ihnen seinen Beruf beibringt und sie sich gut dabei anstellen.

Er setzt sich neben mich.

Ich betrachte die Kreise, die der leise fallende, fast warme Regen im Wasser hinterläßt.

Ich rühre mich nicht.

»Einen Sohn wie dich hätt ich gern gehabt...«